璜塘湾

胡宇 / 著

湖南师范大学出版社

·长沙·

图书在版编目（CIP）数据

璜塘湾 / 胡宇著. —长沙：湖南师范大学出版社，2021.12
ISBN 978-7-5648-4368-7

Ⅰ.①璜… Ⅱ.①胡… Ⅲ.①回忆录—作品集—中国—当代 Ⅳ.①I251

中国版本图书馆 CIP 数据核字（2021）第 202030 号

璜塘湾
Huangtang Wan

胡　宇　著

◇出　版　人：吴真文
◇策划编辑：吴真文
◇组稿编辑：李　阳
◇责任编辑：李健宁　吴亮芳
◇责任校对：赵英姿
◇出版发行：湖南师范大学出版社
　　　　　　地址/长沙市岳麓区　邮编/410081
　　　　　　电话/0731-88873071　88873070　传真/0731-88872636
　　　　　　网址/http：//press.hunnu.edu.cn
◇经销：新华书店
◇印刷：三河市华晨印务有限公司
◇开本：710 mm×1000 mm　1/16
◇印张：12.25
◇字数：200 千字
◇版次：2021 年 12 月第 1 版
◇印次：2021 年 12 月第 1 次印刷　2025年3月第2次印刷
◇书号：ISBN 978-7-5648-4368-7
◇定价：49.80 元

凡购本书，如有缺页、倒页、脱页，由本社发行部调换。
投稿热线：0731-88872256　13975805626　QQ：1349748847

序 言

出生地是一个人的精神源头。

我相信这句话。

我出生在湘中一个普通的乡村,童年时的很多往事,成为我童话写作取之不竭的素材宝库。但我一直不曾尝试用散文或其他形式对乡村往事作一番系统的表达。假如这么做,我会怎么写呢?

有人好像想到了我的心事,做了我心里想的事,这就是胡宇的《璜塘湾》。

胡宇是我的同乡,她笔下的璜塘湾,离我老家不过二十公里,她笔下的风物和乡邻,在我老家,也很容易找到相似的影子。所以,看她这些文字,我觉得十分亲切和熟识,直觉上代入了我自己老家的那个屋场。

春天湿润朦胧的清寒,夏天酷热里干农活的辛劳,冬天用竹竿敲下屋檐冰凌当冰棍的孩童记忆,抓鱼、杀年猪的有趣往事,随处可见的无奈的单身汉,即使蠢笨也不愁嫁的乡下姑娘,等等。乡间的人情百态,在字里行间生动呈现。即使没有乡村生活经验的读者,也能很容易联想出画面。

胡宇的文字,既是写实的,也是写虚的,比如《三月》,看似是随意散淡地写春景,落笔却又是实的,从清明挂山写到了春耕,写到了万物复苏;既是活泼的,也是惆怅的,会让人在忍俊不禁的同时,陷入淡淡的忧伤,比如《姐姐》,虽然全篇都是用诙谐的笔触在记叙姐妹之间的"斗争",但主动承担家庭责任、默默忍耐和付出的姐姐形象也跃然纸上,姐妹之间浓浓的亲情，到文章最后，让人深深动容；既是轻快的，也是凝重的，清澈、明净是本书文字的基调，文章基本都是短句子，所以易读好读，符合当前轻阅读的习惯，但内里则是沉重的，比如《正哑巴》，全篇活灵活现地描写了一个有趣能干的哑巴，他孤独却努力地生活着，给村民们带来很多欢乐，最后却被火车卷进车轮下，文章最后一句，"他到死也没能说出一个完整的词语"，定格了全文的悲伤。

胡宇不是职业写作者，她长时间在政府机关工作，先后担任多个岗位的行政领导职务，但这些作品里看不到我们印象中严肃刻板的行政痕迹。相反，细腻亲情的感怀，田园诗意的乡愁，时光流逝的忧伤，构建了另一个超然的灵魂栖息地。她在繁忙的公务之余，能够沉下心来写出这样的文字，非常难得。

或许因为不是专职写作，没有写作的任务和压力，所以，她的这些作品也是散淡随性的。读者遇到会心之处笑一笑，合上书还能感受到一缕田野青草的芬芳，那么，这本书就有了它特殊的生命力。

汤素兰
于湖南师范大学

（汤素兰，湖南师范大学文学院教授，博士生导师。中国作家协会全委会委员，湖南省文联副主席，湖南省作家协会副主席，长沙市文联主席。中宣部"四个一批"人才，国家"万人计划"哲学社会科学领军人才，享受国务院特殊津贴专家。出版《笨狼的故事》《阿莲》《犇向绿心》等儿童文学作品60余部。获得过全国优秀儿童文学奖、宋庆龄儿童文学奖、陈伯吹国际儿童文学奖等奖项）

目 录

第一辑　风物／001

河 …………………………………………………… 002

石龙山 ……………………………………………… 006

寡鸡蛋 ……………………………………………… 009

金毛狮王 …………………………………………… 012

出走 ………………………………………………… 015

火车呼啸而过 ……………………………………… 018

动物庄园 …………………………………………… 021

杂书 ………………………………………………… 024

神医 ………………………………………………… 027

老房子 ……………………………………………… 031

野草 ………………………………………………… 035

车马很慢 …………………………………………… 039

种什么是什么 ……………………………………… 043

野生之物 …………………………………………… 046

上学 ………………………………………………… 050

三月 ………………………………………………………… 054

木楞古 ………………………………………………………… 057

放牛 ………………………………………………………… 060

像落枪一样落雨 ………………………………………………………… 064

第二辑　旧事／067

开门炮 ………………………………………………………… 068

接春客 ………………………………………………………… 072

望郎调 ………………………………………………………… 076

赞土地 ………………………………………………………… 079

立夏 ………………………………………………………… 083

果然很好呀 ………………………………………………………… 086

红薯永远清香 ………………………………………………………… 089

魔性食物 ………………………………………………………… 093

夜晚亮了 ………………………………………………………… 096

洗去毛虫毒 ………………………………………………………… 099

人间的鸡 ………………………………………………………… 103

你好，猪先生 ………………………………………………………… 106

想好好爱一只狗 ………………………………………………………… 110

出嫁 ………………………………………………………… 114

浸水坛 ………………………………………………………… 118

好大一场雪 ………………………………………………………… 121

温暖的冷 ………………………………………………………… 125

干塘 ………………………………………………………… 129

杀年猪 ………………………………………………………… 132

送亮 ……………………………………………………… 136

第三辑　故人 ／ 139

姐姐 ………………………………………………………… 140

朝氏粒的喜事 …………………………………………… 144

外婆的烟茶 ……………………………………………… 147

王五外公 ………………………………………………… 150

神仙眷侣 ………………………………………………… 154

余裁缝 …………………………………………………… 157

麻子 ……………………………………………………… 160

嫁到岳州府 ……………………………………………… 164

傻姑娘 …………………………………………………… 168

单身汉 …………………………………………………… 172

缺牙齿 …………………………………………………… 176

正哑巴 …………………………………………………… 180

小媳妇 …………………………………………………… 183

后记 ／ 186

第一辑

风物

·璜塘湾

河

大河从铁冲水库流过来，小河从石桥流过来。

两条河在璜塘湾汇合后，往下流入沩江，这条河在地图上叫铁冲河。

不过，璜塘湾的人，从未叫过它这名字。

大约因为铁冲是另一个乡的名字，隶属横市镇的璜塘湾人，不愿如此称呼？

虽然后来经过区划调整，横市"吞并"了铁冲，但并没改变璜塘湾人对河的称呼。

河水往下流到两公里外的金山桥后，再到流入沩江的几公里间的河段，沿线的人叫它向阳河。

所以，事实上璜塘湾这一截河段，没有名字。

没有名字的河，璜塘湾人就直接称呼河。

说河里，大家都知道指的是汇合后的那一段。

汇合之前的两条河，分别称呼大河里，小河里。

璜塘湾人对于名字都很随意草率。

比如，地名。

璜塘湾由三个相对聚居的小屋场组成。

我家所在的屋场，因为后面有石山，就叫石龙山。其余的，一个叫桥屋里，一个叫新屋里。桥屋里的地名源于此处历史上曾有桥，而新屋里，显然是源于修黄材渠道移民形成的新屋场。

但是，璜塘湾没有一个人能解释清楚"璜塘湾"三个字的来历。

再比如，人名。

劲皮蛋的妹妹，本来有名字，叫禾妹子。

但家里人都直接称呼她"妹子"。

在家里还好，在外面也是这样。

所以，经常见到他家的人扯起喉咙往田野里喊："妹子，吃饭啦""妹子，还不回来？"

那架势，好像全世界只有他家一个妹子。

还是说河。

大河与小河汇合之处，形成一个收缩的瓶口。

平时，大河小河的水很浅，汇合一起缓缓向下流进氵凡江，没有什么问题。

但遇到发洪水的时候，两条河的水挤进下游狭窄的河道，河就成了一条失去理智的巨蟒。

所以，璜塘湾的河堤，经常垮，经常修，再垮，再修。

河堤兼村道，是璜塘湾人出行的主要道路，这种常修常垮的历史，导致道路常年坑坑洼洼，因此璜塘湾人对外村平整的水泥柏油村道一直充满由衷的羡慕。

最近的记录是2016年夏天遭遇了大洪水，当年冬天，村里争取各种支持终于把冲坏的河堤修好，还没来得及硬化路面，2017年，百年不遇的洪水把新修的堤干脆冲断了，所以又得重新修。

当然，您看到此文的时候，结实的河堤已经完工了，而且沿线安装了扎实的护栏，村里正在准备安装太阳能路灯，栽植苗木，准备打造成一道美丽乡村的标志风景线。

小时候天天得走这条河堤去学校。

小学二年级时一个春天的早上，大雨滂沱，夹杂的大风好像要把我家单薄的屋顶掀翻。

我和姐姐起床准备上学，妈妈说："呀，别去了，免得大风把你们吹河里去了。"

好吧，我们姐妹就这样心安理得地旷课，在家玩了一天。

但是，听说那些按时去上学的同学也没有哪个掉进河里，倒是旷课的我，被老师狠狠地批评了一顿。

妈妈认为上学固然很重要，但是安全和健康必须排第一。

我和姐姐放学回家时，裤管经常是湿的，妈妈总要大吼："不要命啦，以后会得风湿的。"

我们太小，不知道风湿是什么东西，但知道河里的鸭蛋长什么样。

河里常年浮游着鸭群，放鸭人脸上盖顶草帽，躺在河滩上睡觉。

放养的鸭子，总有那么几只不听话，随便在外下蛋，有些直接下在河水里。

河水很浅，很清，清得可以看见河底的鹅卵石。鹅卵石有各种颜色，黑的、灰的、土黄的，还有白的。

白色的鹅卵石乍看像极了鸭蛋。

当然，潜伏在水底的鸭蛋也像极了鹅卵石。

小伙伴们放学后，一路蹚着河水嬉玩，一路搜寻鸭蛋，不过大多数时候只是湿了裤腿，实则一无所获，所以，偶尔谁能捡到一只鸭蛋是巨大的欢喜。要知道，这一只蛋，可以为晚餐加上稀缺的荤腥啊。

有天，姐姐告诉我，她梦到在河滩上发现一窝鸭蛋，很多只很多只，哇，她的心都快要跳出来了。正要去捡的时候，梦就醒了。

哎呀，真是好烦躁。

我理解她的懊恼。

捡鸭蛋是小学生的活。

初中比小学远了四华里，初中生的时间比小学生紧凑许多。

等到我上初中时，姐姐已经辍学学了剪头发的手艺，她用赚到的钱，给家里添了一部自行车。

这是全家最贵重的财产。

但这宝贝经常罢工。

河堤是石子路面，磕磕碰碰，自行车胎经常被碾爆。

最可恨的是上学途中爆胎，我不仅迟到，还要推着这破车去学校，放学后再推回家。

请爸爸修车，总要在旁边念叨："您一定要修结实啊。"

修车显然不是爸爸的特长，因为第二天骑不了一段，车胎又瘪了。

这不能怪我，是路的问题，石子太多了。

大约爸爸也觉得很委屈。

我只能继续走路上学。

有时候我一个人沉闷地走在河堤上，一边走一边踢拉着石子，心里充满了少女的忧伤。

镇以外的地方，我还没有去过。

河水流进沩江，沩江再流向哪里呢？

石龙山

清明节回家时,我在菜园子里闲逛,正好看到后面的石龙山起了山火。

应该是哪个村民祭祖后,没有等香烛熄灭就离开了,因此烧了起来。

虽然山上没有什么珍贵的植被,也不和其他山体相连,且隔着水渠,烧不着村民的房子,但滚滚的浓烟和噼噼啪啪的燃烧声还是让我不安心,正想着是不是要去组织扑火,一会火竟自然熄灭了。

我爬到渠道上去看时,一眼就看到黑乎乎的一块伤疤。

这次还算好,只烧了很小的一块。

多年前应该扎实烧过一次,因为过年回家的我,远远就看到黑乎乎的山坡。

开了春,黑山坡就变绿了。南方这点好,雨水足,植被容易恢复。

石龙山面朝渠道的一面没有什么植被。

很小的印象里,这里就只有矮矮的草,整个山坡一目了然,无甚他物。

但爬到山顶,马上可以看出区别,山这边的小平原里田畴纵横,屋舍俨然,河流蜿蜒,另有黄材渠道碧水盈盈。

山背面则不同,灌木丛生,植被丰茂,山下的小屋场是姜家湾和小石冲,再过去是连绵的群山。

春天摘映山红,夏天摘栀子花,秋天打毛栗子,都需翻到山后面。

映山红开得热闹而美。

璜塘湾的娃娃们经常爬到山后面,攀着花枝,直接揪了花瓣往嘴里送。

别人眼里的美景,我们眼里的食物。

待到吃饱了,再慢腾腾折一束抱回家,插在玻璃瓶里,土砖房里竟然也有了一些诗意。

不过,我觉得山上最好看的是老虫花。

老虫花虽和映山红同科,但与映山红的漫山遍野不同,老虫花只有偶尔独立的几丛。

金灿灿的花朵,高大的植株,老虫花在这山坡上开出了王者的风范。

这些都只是石龙山的皮毛。

石龙山的真正核心是石龙。

顾名思义,石龙山应该是一座像龙样的石头山。

想很早以前,石龙山的确如此。

龙头昂向北方的田心塅里①,龙尾摆向刘家冲方向,龙体里是满满的巨石。

黄材渠道没有修之前,龙头应是伸向河里饮水,前面一马平川,由此更显石龙的天健雄姿。

这只是我个人的想象。

小时在家时,没有专门向大人们讨教过这个问题。事实上从我有印象开始,石龙就不复存在了。

那时石头已经被开采多时,山体已经凹进去很深。

采石的村民每天在石壁上叮叮当当,傍晚时分则开始放炮。

"放炮啦,放炮啦。"

每天傍晚都有哨子声,招呼村民回避,而我们能做的防护措施,则是站在门槛上。瓦屋顶太薄,随时可能被石头砸破。

哨声过后,炮声响起,经常有零星的石块越过黄材渠道,落到晒谷坪里,落到瓦屋顶上,落到水田里。

后来,石矿开采区转向山后面的观音庵、凤形山一带,经年累月,清出

---

① 田心塅里:璜塘湾附近的一个地名。

来的黄土，在外沿堆成了新的小山。

姜家湾那一带的水田里，也就经常有"飞来石"了。

那时真是勇敢啊，在这炮声里天天生活，我们一点也没意识到什么危险，也不曾有过什么抱怨。

其实我更关心的是风貌。

前段时间到江西瑞金的乡间，到处可以看到几人合围才能抱起的大樟树，村民的房子掩映在大树下，村道没有硬化，是自然形成的坚实土路，宽度可以通车。路上落了一地的树叶，走在上面，发出吱吱嘎嘎的声响。头顶是樟树新生的绿叶，绿叶上面是碧净的无垠天空。

石龙山，据说曾经也有很多大树，原来也是宁静清幽的屋场。只是多年来修黄材渠道，修洛湛铁路，开采石场，自然的河溪塘垄全部改变，石龙山的原始风情早已消失殆尽。

村民的房子历经几次搬迁，由于地块越来越窄，加之缺乏规划约束，这些新建的房子或是无序地挤成一团，或是一字排在河边，并无想象中的美丽雅致，让人不免有些遗憾。

石龙山，我们有时抱怨它。

抱怨是因为爱它，就像我们经常抱怨自己的孩子、爱人，是希望它变得更好更完美，想让对方配得上我们的爱和思念。

所以，只要放假，我们还是只往石龙山跑，因为我们的根在那里。

我们习惯性地越过黄材渠道，往观音庵那里走一圈。

最近几年，采石场已经关停，黄土堆很快长出了高高的冬茅和各种野草，开始有了原生态的绿意。石龙虽然永远回不来了，但我们愿意相信，它以另外的形式在开始复活。

寡鸡蛋

妈妈说，四个娃里面，只有生我时特别艰难。

物质匮乏的年代，我居然神奇地在她那小小的身躯里长成了一个八斤重的巨婴。

要不是修黄材渠道的工程队里一个医生帮忙接生，我还不知能不能活着出来。

妈妈说："没啥吃的，每天又那么重的体力活，咋你还可以长那么大？"

我也很想知道啊，难道，我在肚子里时就是个吃货，搜罗了妈妈体内尽可能的营养？

小时候的我是一个肥嘟嘟白胖胖的丫头，扎两个冲天羊角，神气活现。

冬天的晚上，我和姐姐坐在灯下，摇晃着脑袋，看墙壁上映出的冲天羊角的影子。

寒风吹得瓦屋顶嗖嗖地响，我们两个往火边靠近一点儿，一边拨弄火堆里的煨红薯，一边讨论梦想。

"我想有一大堆葵瓜子。"

"我想有一谷仓的葵瓜子。"

每次看戏时，可以买到一小竹筒的葵瓜子，非常珍贵，看戏时要慢慢地磕，慢慢地品味。

葵瓜子是多么诱人的食物啊。

这样寒冷的冬天，能够躲在密不透风的谷仓里，自由自在地嗑瓜子，这

璜塘湾

是我和姐姐所能想到的最幸福的事。

"你们就知道吃。"大人总是这样点评。

"我还不至于要吃寡鸡蛋!"姐姐不服气,在她看来,与我这样的吃货相比,她根本不算什么。

接着她模仿我的声音,作大呼状,"我要吃寡鸡蛋,我要吃寡鸡蛋"。

一屋人哈哈大笑。

家里的母鸡孵小鸡时,总会有一些小鸡中途难产,这种半孵化的蛋,璜塘湾人称之为寡鸡蛋。

有的寡鸡蛋只是变了颜色,有的小鸡胚胎已经成形,有的则长出了毛毛。

这么魔性的东西居然是大补之物。

那天鸭公山的左格五眯眯步行三四里特意来家里买寡鸡蛋。

几个大人坐在那闲谈,讨论这种大补之物如何神奇,如何美味。

"啊!"在一旁的我听得流出了口水。

"啊什么啊,这东西小娃儿又不能吃。"大人们没有正眼看我。

我太熟悉这些大人了,他们不肯给你某种食物时,就说小娃儿不能吃,或者说很难吃。

就像上次爸爸带我去横铺子,我看到水果摊上红艳艳的大苹果,央求爸爸买一个时,爸爸说:"那东西一点也不好吃,烂细毛子①一样。"

不好吃的东西会有人买吗?

大人太低估小孩的智商了。

现在,他们说这东西小娃儿不能吃,我一点也不相信。

我挪过去,想把准备卖给左格五眯眯的几个寡鸡蛋藏起来,被妈妈发现了。

她一边骂我,一边夺过来放到左格五眯眯的布袋里。

左格五眯眯发现情形不对,拿了寡鸡蛋立马起身就走。

我追过去想抢回来,妈妈拉住我:"你发么子神经,这东西小娃儿不能

---

① 烂细毛子:璜塘湾方言,指破棉絮。

吃，能吃还不给你们啊。"

我不管不顾，边哭边闹："我不信，我要吃寡鸡蛋，我就要吃寡鸡蛋。"

左格五眯眯一听，加快挪动两个小腿，转眼不见了人影。

留下的大人笑得前仰后合。

平时，璜塘湾人也称呼那种不务正业有点小坏的青年哥哥为寡鸡蛋，像我这样一个丫头呼天抢地要寡鸡蛋，这场景，真是不忍直视啊。

好了，璜塘湾的人都知道我想吃寡鸡蛋了。

"永妹子，想寡鸡蛋了吧？"

大人们有意无意地经常逗我。

我后来很快明白了，他们说的寡鸡蛋，不是我想的那种寡鸡蛋。

"哼！"我狠狠地瞪他们一眼。

"我要寡鸡蛋，我要寡鸡蛋！"他们更加有了兴趣，模仿我的声调，大声哭诉。

我只有飞速逃跑。

他们说的寡鸡蛋是什么样子？

曾有一个长得很帅的小伙子追求姐姐。

他很有趣，会很多我们不知道的稀奇古怪，比如，他能将扑克牌玩得滴溜溜转。

但妈妈坚决不同意他们交往。

"那就是一只寡鸡蛋，你跟他能有好日子过？"

姐姐最终选择了放弃。

后来听说，那个小伙子因为赌博被拘留，至今不知在何处零落。

他果然是只寡鸡蛋。

作为蛋的寡鸡蛋那么丑，作为人的寡鸡蛋却那么好看，他们到底是怎么扯到一起去的？

璜塘湾人没有研究过这个，他们只知道：

作为蛋的寡鸡蛋是大补美味，受人追捧，作为人的寡鸡蛋则是无用之物，人人嫌弃。

· 璜塘湾

金毛狮王

四月的傍晚,暮色已浓,四姐弟在家惶惶,因为妈妈去外婆家一天了,还没有回来。

没有妈妈的家,就没有了主心骨。

大家不时分头出门去探望,看谁能先看到妈妈的身影。

但是一直到吃晚饭,才终于看到妈妈推门进来。

光线很暗,我们还是一眼看出了妈妈的不同——她那一头标志性长发不见了,代之以流行的卷卷头。

有着四个娃的妈妈,当时只是一个不到三十岁的少妇,留着一头瀑布似的茂密长发,喜欢织一根长辫子垂在脑后。

她每次洗头都用家里男人洗澡用的大木盆。

烧一大壶开水,将包在布袋里的茶枯泡一会儿,盆里的水就变成深深的茶褐色。

此时妈妈将头发散开,浸进盆里,整个盆里就是弥漫的乌云。

茶枯是油茶籽榨油后留下的残渣,很久以来就是璜塘湾女人的洗发剂,去污力强,对头发有非常好的保护作用。

但我一直不喜欢,因为用茶枯水洗头,必须在水温很高的时候洗,否则效果就会不佳。

我怕烫,所以每次都是妈妈强行按着我的头,将滚烫的水用毛巾往头上直接抹,每每此时,整个璜塘湾可以听见我那杀猪般的嚎叫。

第一辑 风 物

"烫死了，烫死了。"

每次洗完后头皮都烫得通红。

而且，茶枯的细渣揉进发丝里，需反复清洗多遍，才能勉强洗干净。

当然这些细渣并不是太大的事，因为头发干后，用梳子一梳，细渣便没了。

虽然麻烦，但在虱子比较普遍的年代，我们姐妹头上居然不曾停留过这种生物，也算是妈妈坚持开水洗发后的奇迹吧。

我喜欢用木槿叶洗头。

罗三老倌屋后，长了几株木槿，夏天开白色的花，璜塘湾人称之为木菊花。

把木槿叶放在湿发里揉搓，慢慢可以搓出白色的泡沫，然后用水清洗一下，头发就干净了，干了的发丝留着树叶的特有芬芳。

每次去摘树叶时，都会见到罗三婆婆。

罗三婆婆是罗三老倌的妈妈。

我很是不明白，为什么都要叫罗三？就没有别的名字可以取吗？况且，罗三老倌也没有其他兄弟，不存在排行第三的问题。

璜塘湾人在取名字方面太不讲究了。

妈妈新烫的卷卷头让我们好生羡慕。

我和妹妹暗地里琢磨着自己烫头发。

两人找了根铁丝，在煤炉上烧热后，将额头的刘海卷在铁丝上。

铁丝太细，我俩又换了烧火用的大铁钳，这下效果好多了，但同时也闻到了嗞嗞烧糊的气味。

妈妈在外面闻到糊味奔进来，大惊，一把夺掉火钳："你们头发都会烧掉去。"

我和妹妹还是很得意，总算有了一点卷卷嘛。可惜的是，睡一晚后，卷卷就没了，那几缕头发却变得焦黄。

我们在追求美丽的路上一直孜孜不倦。

电影里出现的妖娆女特务是我们的偶像，卷头发，弯眉毛，高跟鞋……

我们用锅底灰画眉毛，将凤仙花揉碎染在指甲上……

有次，我俩将黄泥巴做成高跟粘在凉鞋底上，放太阳下晾干后，满心欢喜地穿上这梦想的高跟鞋，岂料刚一迈步，高跟就碎掉了。

太让人沮丧了。

好希望快快长大啊。

烫头发的梦想很快实现了。

姐姐学习了理发的技艺后，热衷于研究新发型，并总是拿我和妹妹的两个头做试验。

有年流行丝丝发，就是头发烫得一根一根蓬松起来的那种，电视里的时尚女孩都顶着这样一个爆炸狮子头。

姐姐很爱学习，勤钻业务，所有的新流行她都会及时跟上，这次也不例外，她同样拿了我俩来做试验。

当时我和妹妹还分别是横市中学的初中生和金山学校的小学生。

我是第一个被摧残的。

那天姐姐花了七八个小时，将我的头发编成无数个小辫，然后上药水，定型。

解开小辫后，我一下拥有了一个巨大的爆炸头。

由于姐姐是第一次操作没经验，我那满头乌丝被烫得焦黄干枯，此后很多年都没有恢复元气。

妹妹呢，几天后也被姐姐整了个爆炸头。

我和妹妹两个"金毛狮王"，分别成为校园的奇观。

幸好那时对学生仪容管理不严，要是放到现在，我俩肯定被逐出校园了。

早几天翻出自己的初中毕业照，我看到照片上一个傻妞，穿着姐姐淘汰的时装，顶着满脑壳焦黄的头发，笑得神气活现。

第一辑 风 物·

出 走

　　盛夏，中午，烈日高悬，知了长鸣，树叶蔫搭，地面烫得像烧热的锅底，划一根火柴似乎空气就可以爆燃。

　　此时正值抢收抢种的"双抢"期间，虽然农活又急又多，但大热天的中午，任是再勤快的人，也不会下田。

　　各人寻一块阴凉地摊开四肢午睡。

　　我们家里六口人，有的占凉床，有的拿了凉席铺地上，我呢，经常直接睡水泥门槛上。

　　门槛凉凉的，是这盛暑里不错的选择。

　　睡门槛是个技术活。

　　门槛宽和高都只有二十公分左右，睡上面的人不能翻身，还要保持必要的警醒，以免睡着了掉下去。

　　幸好，我从未掉下去过。

　　躺在门槛上，可以舒展一下上午干半天农活后酸胀的腰肢，可以看到燕子在堂屋墙上的巢里探头探脑，可以看到屋外高高的蓝天、流动的白云。

　　大路上人迹罕至，整个璜塘湾都在午睡。

　　在这漫长的午睡时间里，总还要做点什么才好。

　　我能找出的只有半本从厕所里抢救出来的《三国演义》，繁体，人名下面还标注了横线的老版本。

　　我对这本书没有兴趣，全部是男人，而且动不动就打打杀杀。但是实在无字可看，只好一遍一遍看与貂蝉有关的桥段，然后在这些打打杀杀的文字里昏昏沉沉睡过去。

下午出门干活时，大约是两三点钟，正是一天里气温最高的时候，午睡后脑袋惺忪，沉重的双腿几乎迈不开步，待下到田里，发现泥水滚烫无比。

如果是新屋里那几丘浸水田，水倒是凉，但是泥地下的石块，又经常把人的脚划伤。

炙热的太阳晒得背部生疼，割稻子时，稻芒刺在脸上身上，全身发痒。等到晚一些，温度降了一点，蚊子又出来追着人咬，皮肤裸露处随时被咬出红疹。

要赶着农时把成熟的稻子收割，把晚稻移栽下去，这样的起早贪黑，要持续半个月，"双抢"结束，人一般都要瘦一圈，黑一层。

没有比干农活更辛苦的事情了。

只要不干农活，干什么都可以。

璜塘湾人闲聊时，总会聊到这个，总说"去城里扫厕所都可以"。

真正想扫厕所的没有几个，但是，想方设法逃离农村，却是现实。

父辈有工作的去接班，有门路的去参军、去招工，有钱的去买城市户口，再不济也要去学技术，反正是八仙过海，各显神通。而最靠谱和骄傲的，则是读书。

我们在田里埋头干活时，个子高高的小华妹子穿着长裙，撑把洋伞，远远地沿着河堤走回来，像一道流动的风景。

真好看啊，我们忍不住赞叹。

更关键的是，她作为璜塘湾第一个大学生，终于脱离农活的苦海了。

"你们嫌辛苦，就好好读书啊，像小华妹子那样读出去啊。"

大人们总是这样教训小孩。

初中有个漂亮的金老师，每次同学们不认真的时候，她的训词总是："不认真读书喽，到时别人打洋伞、穿洋装在田埂上吹凉风，你呢？就要趴在泥巴地里干农活。"

这活脱脱就是小华同学撑着洋伞走过河堤场景的旁白啊。

第一辑 风 物

谁家有娃考上大学是一件莫大的盛事，仪式不亚于结婚喜事的排场，因为从某种意义上讲，考上学校，户口迁出，从此就告别璜塘湾这片土地了。

小华妹子考上大学的时候，家里热热闹闹庆祝了几天，整个璜塘湾都沸腾了。

摆酒，唱戏，预示着新生活的开始，也是给其他小孩最有震撼力的示范。

"像小华妹子那样考上大学喽！"很长一段时间，这是各家最常见的训辞。

多年后，我也跌跌撞撞挤进了大学的门。

开学前，按照学校通知书上的要求办了户口迁出手续，家里请了亲戚们吃饭，那感觉就是，我好像要嫁出璜塘湾了。

在去学校的长途汽车上，我晕车晕得厉害，吐得暗无天日，浑浑噩噩不知怎么进的学校。此后几年，每次从学校回家，转几次长途车后，我都照例吐得昏天黑地，回到横市已经面无人色，病秧子一个，好几天才能恢复元气。所谓河堤上仙女般飘飘摇摇的女大学生风范，我好像没有体验过。

事实上，与我同龄及之后的璜塘湾娃娃，不管是否考上大学，绝大部分都进入了城市，脱离了农田，现在留在璜塘湾的不过十之一二。农田机械大面积普及，那让我们痛苦埋怨的"双抢"也成了远去的记忆。

有年国庆假前，特意叮嘱父亲，留一块田的稻子别让机械收割了，我们想让小朋友体验一下农活。

父亲有点为难，因为老式打谷机几乎找不到了。

后来，我们只好带孩子象征性地体验了一下农事。那天秋高气爽，小朋友们在田里来来回回，欢蹦乱跳。

"干农活很好玩啊，你们小时候真好玩啊。"

嗯啊，我们小时候真好玩啊，"双抢"，真好玩啊。

现在回想起来，苦和累没有了，倒真是有一种甜丝丝的味道呢。

· 璜塘湾

火车呼啸而过

洛湛铁路穿过璜塘湾。

刚修铁路的时候,大家都很稀奇。

"我们那里修了铁路。"很骄傲的样子。

毕竟,很多乡亲还没有坐过甚至没有见过真正的火车。

现在,璜塘湾的人可以天天在家门口看到火车,真让人羡慕啊。

横市设有一个火车站。

每天经过横市的客车里,有一趟绿皮慢车,见站就停。

从横市往北最近的站是益阳,票价四块,往南最近的站是娄底,票价也是四块。

铁路刚开通那会,璜塘湾人兴致勃勃,成群结队去坐火车。

花四块钱坐到益阳,在火车站溜达几圈,再花四块钱坐回来。

大家在火车上从这个车厢走到那个车厢,试试火车厕所,看看旅客们怎么吃饭,观摩一下长途旅人的生活。

当火车从自己家门口经过的时候,必定朝屋里大喊,挥手,仿佛自己远行归来。

惬意得很。

灰褐色的铁轨伸向远方,无论坐、卧、站,我们都可以在这里拍出大片的感觉。

有一年,我的那群已经是孩子妈的女同学,一齐齐跟我跑到璜塘湾,主要目的就是拍照。

她们或者裙裾飘飘，或者长发飞扬，或做沉思状，或摆萌娃样，风姿各异，拍了个够，然后在朋友圈里晒："远方……"

真远啊，其实璜塘湾离她们的老家都在五公里之内。

新鲜感过去后，渐渐地，璜塘湾人发觉这铁路并没有什么好。

实际的用途这铁路指望不上，大家出行，还是要去镇上搭中巴到县城，再转乘各个方向的车。

火车的"咔嗒"声也并不像电影里呈现的音乐美。

事实上，每次火车经过，无论是吵架，还是聊到什么精彩处，璜塘湾人都必须按下暂停键，因为听不清对方在说什么。

每每有新客人来家里，对方都会被火车声音惊到。

"这么吵，你们怎么受得了啊。"

"不觉得啊，习惯了啊"，或者，"一天只有几趟车呢，您运气好，刚好赶上了。"璜塘湾人嘿嘿笑着，为自己开脱。

自己可以吐槽一万遍，但别人说一句坏话就不行，璜塘湾人里外分得很清。

或许他们是真习惯了，就像我，虽然回璜塘湾夜宿的时间不多，竟然也习惯了这咔嗒声。

有时午夜醒来，万籁俱寂，隐隐可听到很远很远的汽笛声。

这声音像伸进黑夜的电筒，光束微弱而远，但又慢慢地近，然后逐渐清晰、集聚、强烈，到身边呼啸而过，然后又逐渐模糊、黯淡，直至消失在黑夜深处。

尤其是春天的晚上，"野径云俱黑"，春的气息在空气里流淌，火车的汽笛声将这春夜"咔嗒"成让人沉静的诗。

因为修铁路，碧水盈盈的上璜塘消失了，塘边的柳树也消失了。

铁路直接从塘中间横过去。

塘边的几户人家，搬到了靠近河边的地方。

小小的地块上，前面是铁冲河，后面是黄材渠道，中间横亘一条铁路，

·璜塘湾

璜塘湾已经没法回到从前那个宁静的小屋场了。

洛湛铁路的复线,已成为璜塘湾议论多年的话题。

事实上,技术人员很早以前就来多次测量过。大家知道政府在研究要修复线,但不知道具体线型怎么走,到底什么时候修。

如果复线与现在的铁路并行,紧邻走线,璜塘湾本来不多的土地就所余无几了。

更重要的是,复线修通后,火车频次肯定会明显增加,小小的璜塘湾,就会整天笼罩在这巨大的"咔嗒"声中。

"这复线什么时候修啊?"

"这复线,会经过哪里啊?"

每每见过一个与公职有关系的人,璜塘湾人都会不厌其烦一遍一遍地问。比如我,每次回到璜塘湾,他们同样会无数次地问我这个问题。他们既盼着修复线,希望有机会搬离这逼仄的地块,但是又害怕修复线,因为复线一修,这最后残存的家园就会真正消失了。

又留恋又讨厌,璜塘湾人就这么纠结地生活在铁路边。

第一辑 风 物·

动物庄园

　　长脚蚊子不时从哪个角落冒出来，它们找准耳边、脸上、手臂、腿部等处裸露的皮肤，狠叮一口。

　　我在床上数次被蚊子咬醒，半夜下楼找花露水，全身涂抹一遍也没法缓解"叮刑"后遗症。

　　妈妈赶时髦，床上已经多年没有挂蚊帐。

　　她说房间上周专门熏过一次，这几天一直没有开门窗，应该没有蚊子。

　　她哪知道蚊子的厉害。

　　房子东面是竹林，前后是菜园、果树，这个夏天，家里动物，除了养的一窝鸡，余下就是草里、桌下各个角落隐藏的蚊子和飞虫了。

　　昨天晚上一家人在堂屋聊天时，门窗洞开，一只飞蛾轰炸机一样冲了进来，绕着白色吸顶灯横冲直撞，发出咻咻的声响。

　　它不时撞到灯上，不时撞到墙上，在第三次撞到墙上时，被姐夫轻易拿下。

　　虽然如此，家里的动物相比以前，可就单调多了。

　　以前的土砖房，一般会在杂屋的夹层存放干了的稻草、红薯藤等物。

　　有年夏天，父亲在夹层取草时，顺便取下一条肥大的菜花蛇，蛇盘在父亲的手臂上，被控制的头部努力昂起，吐出长长的信子。

　　最后，它被塞进蛇皮袋，卖给了收蛇人。

　　自从知道草丛里有蛇后，每次进杂屋，我都小心翼翼，生怕哪条蛇不时冒出来，一下盘住我的脖子。

但蜈蚣等小虫的确是随时横在面前，爬到脚下。

我喜欢用铁钳夹了蜈蚣，丢给母鸡，希望它能多下一点蛋，但是经常会被公鸡抢走，于是我又要去主持正义。

真是操心啊。

另有一种形似蜈蚣、但体形要小的"万年虫"，则更常见。

有一次到村里一户人家找小伙伴玩，她家的房子有了些年份，进门时，就见厨房地上到处爬着万年虫，抬眼一看，不时还有虫子像雨点一样零星掉下来。

她的家人淡定地在另一间房里说话，丝毫没有理会这满屋的虫雨，我不敢伸脚，转身走了，最后也不知道她家究竟是如何处理那满屋的怪物。

蚂蚁虽然细小，但也横行霸道，闻到哪里有点甜味或者腥味，哪怕只是地上掉落的一粒米饭，它们就互相通风报信，然后纠集长长的队伍浩浩荡荡而来。

我和弟弟妹妹，喜欢做的事是制造洪水。倒一盆水下去，蚂蚁队伍即刻冲散了，看它们在水里挣扎，感觉自己有如掌控命运的上帝。

五保户姜瞎子独居在一个低矮的小屋，小孩捉弄他时，他就一边咒骂一边抢着棍子打出来。

有次，他正在做饭，我们看他油罐里爬满了蚂蚁，好心提醒他，他不相信，居然还说："有蚂蚁也没事，放在菜里还营养些。"

然后他就摸索着点燃柴火，往黑乎乎的锅里倒进那些爬满蚂蚁的猪油，我们再也看不下去，惊叫着跑了。

老鼠也是家里的主人之一。

晚上睡觉后，经常听到它们在房子里窸窸窣窣地四处爬行，或者从房梁爬到床下。它们喜欢在土砖墙角挖洞，安家落户。

如果幸运，找到洞口，不久，就可以见到一窝红皮的幼崽。

它们眨巴着无辜的小眼，神态极萌，如果我们小孩爱心泛滥，提出要好好抚养时，大人会一把抢过去，然后将这窝小鼠火速处决。

大人们经常会从镇上买回专用的老鼠药，但是它们很聪明，几回后，就不容易上当了。

近些年，蜈蚣、万年虫、老鼠等很难看到了，也几乎不再有惊险的意外事件，但这个晚上的璜塘湾，如鼓的蛙鸣以及不知名的虫子的啁啾此起彼伏，组成了一支动听的交响乐。

长脚蚊子和不时呼啸而过的火车汽笛，提醒我不能轻易入睡。

小时候的夏天黄昏，妈妈会分配我们任务，要求把家里所有的床一张一张清理。

主要工序是：用蒲扇把床上的蚊子赶出去，然后把帐帘放下。晚上睡觉时，只需钻进去就是。

经常，蚊子在帐外闻到床上浓烈的食物气息，却毫无办法，只能一个劲地嗡嗡嗡。

夏天的蚊帐各有千秋，白色的蚊帐最是常见。

但是有年夏天，妈妈不知从哪里搞来一副麻制的帐子，非常厚实绵密，冬天的时候，让人感觉特别温暖，但夏天闷热的时候，就会让人透不过气来。

璜塘湾最文艺的蚊帐是朋婶带过来的。

她是村里少有的喜欢看书的新媳妇，经常有一些不同寻常的想法和做法。

与朋叔结婚的时候，她将别人用来做窗帘的一款翠竹图案布料，做了蚊帐，这可真是稀奇啊。

朋叔不在家的时候，朋婶总要喊我晚上过去做伴，也可说是陪睡。躺在床上，朋婶给我讲她的故事，说着说着，话题经常会突然岔开，问我："你说，我们现在，像不像睡在竹林里？"

这是朋婶很得意的创意，也是我十分赞叹的创举。因此每次我都十分认真地回答："这绝对是世界上最漂亮的蚊帐了。"

我们都很高兴，然后很快睡着了，"竹林"外蛙唱虫鸣四起。

杂　书

小时候觉得，书真是太珍贵了。

曾经听人说过一个真事，有家娃娃特别爱读书，家里又无书可看，屋顶的水泥瓦上有报纸，那娃就经常搭梯子爬到屋顶看报纸，居然认了不少字。

我虽然不至于爬到屋顶去读报纸，但到处搜罗杂书却是童年时代的重要工作，也因此，我很早开始与成年人交往。

《知音》《故事会》这类凤姐非常认可的名著，在璜塘湾也可见，只是经常缺张少页。

《今古传奇》也是璜塘湾大人喜欢看的杂志，我在里面看了不少故事。

《七侠五义》、《燕子李三》、岑凯伦、琼瑶这类，偶尔能遇到一本，就是巨大的惊喜。

小学时我没有进过书店，也不知道书店长什么样子。

父亲的一个姨表弟，我叫他桂满，当时他在五中读书，是一个文艺小青年。他有天来我家，发现我居然在学着写诗，很是惊喜，立马对我关心了起来。

他说要多写，多练笔，并鼓励我给他写信，毕竟，写信也是练笔的方式之一嘛。

然而，那时我连到邮局怎么寄信都不知道，况且，还有邮资的问题。

所以，我写了信后，就由父亲走亲戚时顺手带过去，返回时他再把桂满给我的信带回来。

春节再去姨阿婆家拜年时，桂满骑着单车，带我去了双凫铺。

那是我第一次去双凫铺，觉得这个镇子好大好热闹啊。

镇上居然有家新华书店，里面好多书，太令人震撼了。

"你想要啥，你自己选，我都给你买。"桂满很大方。

我就像阿里巴巴进了放满金子的洞窟，眼睛发亮，什么都喜欢，什么都想要。

这个，这个，这个……

我指了一大堆。

桂满慷慨地全部给我买单了，我抱着这摞书时，像抱着一个巨大的梦想。

然后他还带我去了五中。

参观他的教室，参观他的宿舍，参观学校的礼堂……校园里绿树成荫，青年学生们三三两两在散步，有的在球场上打球，有的在操场边看书……

高中生的生活真是太迷人了啊。

但我离高中还很遥远。

两年后读初中时，因为发表文章，我认识了一个外地的笔友。

我们经常通信，天南海北地聊。

有次我提到很想读《红楼梦》，但是我所在的地方无书可买。

笔友记在心上，不久之后，居然买了一本给我寄过来。

收到书的那天，我真是激动得睡不着觉。

当时已经是初三，快要中考了，而我的注意力全部转移到这本厚厚的"砖头"上了。

走路看，坐着看，上课偷偷看，回家偷偷看。

那时妈妈也开始关心我的学习，希望我能考上中专，尽快缓解家里的经济压力。

她应该是发现了我一直在看那本大部头书，而且确认此书和考试无关，从不干涉我学习的妈妈，也开始嘀咕了。

我在厢房做作业时，她会借送茶水之故从我背后突然出现，监督我是不是在看无用的"砖头"。

每次都让我惊慌失措。

后来，我就特别留心身后的声响，一旦她走近，我就把一堆作业压在《红楼梦》上，待她走开，又继续看。

这事持续了一段时间，由于沉浸于书中世界，整个人神思恍惚，每天都像游神一样。

这本书我现在还收着，无论怎么搬家，都没丢掉。

中考后，我没有考上中专，而是去了宁乡三中。

第一次进到这座山里的学校，发现这里居然还有一个图书室。

看到图书室招牌的时候，我很是兴奋了一阵。

不过也就兴奋了那一会，因为，图书室极少开放，我甚至对里面有书与否、书之多少，完全无印象。

很可能的是，这图书室从未向学生开放过。

读书一直是我心里深深的结。

世界上快乐的事很多，但阅读最能给我深沉持久的喜悦，这是心智上的成长和丰盈。

所以成年后，每次换房子，我都会特别考虑书房的位置，拥有一间独立书房是我的首要考虑。

无论怎么换房子，书房永远小了，最后，家里过道上、客厅里、卧室里总是逐渐地塞满了书。

假日，坐拥书本，便觉得是世界上最自在的国王了。

购书也越来越便捷，我们想要的任何书，在网上商店几乎可以瞬间找到，发达的物流，几乎可以做到朝发夕至。

如果嫌弃纸质书太占地方，也有无数的电子书可供选择。

如果忙，还可以利用运动、开车等间隙，听音频书。

所以，当有人问我对生活的看法时，我总说"十分完美"。我对现在的一切已经非常满足，无他，就是因为有无数的书可以随便读。能够随时随地享受智识提升的绝妙乐趣，我还能有什么不满意的呢？

第一辑 风 物·

神 医

在惊魂未定中醒来后,我告诉妈妈,昨晚做了一个噩梦。

"噩梦吗?那中午才能说。"妈妈在我额头上向上抹了三下。

璜塘湾的规矩,噩梦如果上午说了,就有可能变成真的。

如果是梦见死人之类的噩梦,反而是好事,因为预示着吉兆。

但我这个有点不同。

憋到中午,我才被允许诉说昨晚梦里的事:一条恶狗直接扑到床上,把我狠狠咬了。

我仍清晰地记得狗咬到身上时的恐惧和疼痛。

被狗咬了可是严重的事,哪怕是在梦中。

妈妈对这事很重视,立即动身去姜家湾找春老倌,然后给我带回几颗药丸。

春老倌是附近有名的草药郎中,诸如,谁家堂客不怀崽、身上长了鱼鳞珠、被蛇和蜈蚣之类咬了的活计,大家都会去找春老倌,然后春老倌就去附近的山上、田里东寻西找一些植物,回来捣鼓一番,制成药丸,交给求医者。

据说,很多人还被捣鼓好了。

这次妈妈带回的药丸,像汤圆那么大,里面黄绿相间的草清晰可见,还夹杂了一些黏糊糊的不明物体。

看上去实在不是什么可吃的东西。

妈妈守在边上,命令我即刻吞下去。

璜塘湾

我很是后悔,干吗多嘴啊,不就是一个梦吗?身上又没有伤口,还煞有介事地真来吃药。

但妈妈认为这梦可能有不好的寓意,必须按郎中给的方法治疗一下。

我那时大约五六岁,没有辩驳的分量,只好老老实实吞下那古怪的药丸。

璜塘湾人都有些奇怪的做法,妈妈不是唯一的那个。

新老倌患肺病,长年吃药,但一直不见好。

后来,不知听谁说的,童子尿有很好的疗效。

他堂客新婆婆就带了一个盆子来我家,守着弟弟撒尿。

弟弟是当时璜塘湾最有旺相的婴儿,圆滚滚胖乎乎,像年画里的福娃。

既然是取童子尿,当然是这种形象像福娃的尿最好了。

治病的事很重要。

妈妈抱起弟弟,对着盆子把尿。

邻居都觉这事稀奇,跑过来看热闹。

这尿也不是说有就有。

弟弟虽然还很小,但看到一圈人围着他,叽叽喳喳,感知到气氛的不同寻常,他就七扭八扭不配合了。

"可能是今天吃少了。"妈妈有些抱歉,准备给他喂奶。

但刚把弟弟横过来抱在怀里,妈妈就觉腿上一热——弟弟把尿拉她身上了。

真是尴尬啊。

就像开台锣鼓响了好久,演员终于上场,结果一登台就摔了个跟头。

大家笑成一团,新婆婆好像是自己做了错事一样,不停地打圆场:"没事没事,我不急,满伢子听话,等下再撒到我这个盆里啊。"

妈妈继续喂奶,大家继续闲谈,聊起童子尿曾经治愈过熟人的熟人的故事,一下子都觉得这普通的男婴尿具有了神秘的力量。

弟弟在妈妈怀里巴唧巴唧几下,又睡着了,他睡得可真香啊。

一屋人眼巴巴地看着他醒来。

睡了好久,弟弟眼皮终于睁开,妈妈立即把他竖抱起来,对准地上的盆子，随时做好准备。

"嘘"，不负众望，那金子般的尿液，在空中划了道美丽的弧线，一滴不漏地全部落到了盆里。

"大家发财，大家发财。"新婆婆端着盆子，欢天喜地回去了。

除了这童子尿，新老倌还想了很多其他办法。

从他家屋后经过，常年见到路面上撒着药渣。按璜塘湾老人的说法，把药渣撒在路上，过路人就可以帮病人把病带走。

可惜过路人千踏万踏，也没能帮他除去病魔。

他还是很早就走了。

璜塘湾离镇上较远，除了重病急病要去医院外，一些日常的养身病，大家都会熬着，或是用一些乡里的偏方来解决。

老爸的腿一直有风湿痛。

家里农活任务重，风湿痛发作时，他走路都一瘸一瘸的。

他也试过很多神医介绍的奇怪方法。

有年夏天的傍晚，老爸把尿桶搬到屋后一侧，在旁边燃了个大火堆，火堆里烧着好几块青砖。

待青砖烧得通红后，他就把它们夹出来，丢到尿桶里，然后站进去……

乘凉的人隔着晒谷坪都听到了他那嗷嗷的惨叫声。

这么神奇的方法，也没能治好他的风湿病。

没想到，倒是后来流行的电烤炉，无意中治好了他的这个老寒腿。

冬天里，他一坐下，就把腿伸进烤炉里，盖上被子，时间一长，竟然把膝关节里的寒气烤没了。

真是无心插柳柳发芽啊。

奇奇怪怪的治疗方法在璜塘湾太常见了。

大家坐在一起，免不了交流各自道听途说来的妙方，人人都觉得自己掌握了特殊的生命密码。

高中毕业那年的暑假，不知什么原因，我突然腰痛得厉害。

吃什么，治什么。

· 璜塘湾

既然是腰痛，当然要吃腰来治。

所以，那段时间，妈妈连续蒸了好几次猪腰。

不知她是从哪里学的秘方，猪腰只是剥开一下，整个蒸熟后，洒上点胡椒就叫我开吃。

说实话，味道是真难吃。

但是，此后，我除了怀孕期间有过一次腰痛的记录外，再也没有痛过了。

这种"以形治形"的方法，真有神奇的疗效吗？

妈妈总说是菩萨保佑。

翻过黄材渠道，去小石冲，要经过观音庵。

很早以前这里有个规模不小的庙宇，后来被毁。但附近村民还是会自发去上香求佛，慢慢地恢复了一个很小的简陋殿堂。

璜塘湾的老人，有点病痛也会去观音庵求神茶。

茶叶自己带过去，在观音像前祷告，请求菩萨把自己身体内的病痛除去。

敬奉完毕，把茶叶再带回来，睡前泡水喝了，然后不再言语，直接上床。

老人相信神灵的力量。

从大路上经过，偶尔会看到树上或墙角贴了张纸，上面写着：

"天皇皇，

地皇皇，

我家有个夜哭郎，

过路君子念一遍，

一觉睡到大天光。"

这是哪家的小孩晚上啼哭不止，老人按习俗来求助神灵了。

我一般看到，都会停下来很认真地念一遍。

也许，真有效果呢。

谁知道呢？

第一辑 风 物·

老房子

我多次梦到璜塘湾的老房子在翻修，只是，每次翻修的房屋格局和式样都不同。

每次的梦里，妈妈都在操心，房子要建成什么样，而我也在帮忙瞎操心，哪些地方需要修改，哪些地方需要调整。

昨晚又梦到此事，实事求是地说，这是历次梦里我最喜欢的样子。

通过梦里的多次试验和比较，我潜意识里的房屋模型越来越趋于完美。

颇有《盗梦空间》的感觉。

我很小很小的时候，印象里，我家和好几户人家的房子挨挨挤挤在一块，隔壁是朝氏粒家，再过去是中初家。

房屋是旧式低矮的瓦房，一间一间连过去，中间隔着天井用来采光通风。

门前有一条小溪，水从黄材渠道底部的涵洞出来，即使盛夏，也冰彻入骨。

后来朝氏粒和中初两家先后搬到开阔地带建起了新的土砖房，留下我家在原地。

我家三间房子成"品"字形排列，上部位"口"字形房间比较狭长，一头靠近黄材渠道，安置着谷仓，另一头临大路，有一个柴火大灶，这是厨房。

其余两间，一间是卧房，摆了两张床和其他家具，另一间我们叫空屋，实际兼了客厅、餐厅、工作室、贮藏室等功能。

我真不知道当时是怎么命名的，三间房子居然还有一间可以叫"空屋"。

·璜塘湾

大约在我小学三四年级的时候，家里也决定翻修房子。

那是璜塘湾建房子的第一个高峰期，大家纷纷把之前低矮拥挤的房子换成敞亮的砖瓦房。

朝氏粒新家旁边有几丘田，里头的泥土被用来制砖。

常年，田里用城墙式样堆放着砖块。

如果堆放时间比较长，"城墙"上还会盖上稻草，用来防雨。小伙伴们经常在这里玩"打仗"的游戏，利用"城墙"做掩体，冲冲杀杀，甚是过瘾。

秋收后，农事暂歇，准备建房的家庭，开始忙活起来。

有天，家里请来了"地仙"。

"地仙"是一位个子瘦小的中年男人，他拿着罗盘在老房子周围东测测西量量，嘴里念念有词，爸爸妈妈虔诚地跟在后面，等待"地仙"作出神圣的指示。

末了，"地仙"在地上做了几个标记，算是确定了房子的朝向，坐北朝南，面向上璜塘的水面。

妈妈备了水果点心，"地仙"忙完后坐下来喝茶抽烟，并大侃自己经历的一些神神乎乎的事，我们围着听得一愣一愣，充满了敬畏和膜拜。

突然，"地仙"把话转回来："你们这屋场是我这些年看过最好的，人兴财旺啊，要出人才呢。"

这样的口彩自然让妈妈特别高兴，最后给红包时，她忍不住又加了个吉利的数字。

动土挖地基的那天，是"地仙"选定的一个黄道吉日。

家里杀鸡买酒，邻居和亲戚都来帮忙，一派喜气洋洋，一番好吃好喝和热闹鞭炮后，正式开始了建房的工作。

璜塘人建房子，除了砌砖、木活等活计需要专业人士，其余劳动都是家里人自己解决，或是与邻居、亲戚互相帮工，以减轻劳务工钱的支出。

弟弟当时还是婴儿，我们三姐妹还是小学生，家里只有父亲一个男劳力，因此我家建房，就须得大量依赖外力支援。

第一辑 风 物·

工程进展不易，如果下雨，不能施工，如果天晴，又需干活的师傅和帮工时间能对上。父亲经常一个人摸黑了还在工地干活，很是辛苦。

虽然如此，新房子还是一日一日地在往上长。

作为小娃儿的我们十分激动，这可比"过家家"建房子好玩多了。放学回家，我们的第一件事就是跑到工地看房子长高了多少，如果大人吩咐干什么事，屁颠屁颠地马上应声，十分乖巧和勤快。

盖瓦的时候，场面尤其壮观。

这项工作首先要将瓦片依次递到屋顶上，因此需要的人手多，但除了屋顶上的人安全系数、专业性要求高一点外，地面传瓦的工作男女老少都可上阵。

这个时候，我们小娃儿就可以充当劳力，最小的弟弟也在长龙队伍里蹦来蹦去，觉得十分欢乐。

瓦盖上了，四间大瓦房、三间小杂屋阴凉下来了，虽然后面还有做门窗、整理地面等很多工作，但对于我们小孩来说，新房子已经算是长成了，这成就感可比"过家家"大多了。

随着我们逐渐长大，房间又不够了。很长时间，三姐妹挤在厢房里，弟弟则只能用堂屋后面的小房间。

等到姐姐快要出嫁的时候，妈妈很是烦恼。她觉得男家来迎亲，以及家里办出嫁酒的时候，我们这拥挤的房子，太不体面了。

好在嫁女容易得多，更何况姐姐还漂亮聪明，前来提亲和追求者众，且没人在意我家房子的寒酸。

妈妈有些庆幸，幸好前面三个都是女儿，不必为房子太操心。要是生了三个儿子，就必须建三栋房子，这会让她愁死去。

在璜塘湾，有男孩的家庭，总会千方百计地修建看起来体面的房子，因为这是家庭实力最直接的体现，也是女孩上门相亲时考察的重要内容。

等到我读高中的时候，璜塘湾开始流行建楼房了。

所谓楼房，也就是原来的房屋格式，往上简单加一层而已。过后来看，无论从美观和实用性，都不值得推崇。

但在当时，"家里有楼房"这五个字可是发着闪闪的金光啊。

流经璜塘湾的河里有大量石头，这是天然的建筑材料，大自然天赐，人们只需付出劳力即可。

大家纷纷去河里掏石头，河边常年堆放着石头，虽然石头上都没有做标记，但各家各户都知道石头是谁家的，互不侵犯。

一栋栋楼房长起来了，河道则坑坑洼洼下去了。

我家没有人手去河里掏石头，世纪之交，家里从平房换成楼房的时候，就只能老老实实去买烧制的红砖。

当时，我们四姐弟都已离开璜塘湾，建房的事，只有父母两个老人在家操劳。

真不敢想象，两个老人是如何忙活过来的。

白墙红瓦的两层普通楼房，掩映在竹林里，一道围墙围成了一个温馨的小院。

这些年来，四姐弟不断在家里搞些小改造，没有太多商量，但又十分默契。

这个买了树苗栽在房前，那个买了果苗栽在屋后，这个想起要修整一下客厅，那个会送回去家具……

父母在家，总是把屋子收拾得干干净净。我们任何时候回去，茶水是热的，饭菜是香的，床是柔软干爽的。

看起来外表平凡的房子，是我们一家人的精神故乡。

心里有故乡的人，是幸福的吧，一定是。

第一辑　风　物·

野　草

　　从月山溯溪回来后的晚上，坐定下来后，才意识到身上好几处皮肤长了红包，奇痒无比，这是在山里染了毛虫毒的结果。折腾一晚上，第二天消停了一些。但右脚踝处因是重灾区，两三天了，仍没完全复原。

　　问同行的其他朋友，他们都没有我这么大的反应，是我的抗毒能力太弱了吗？

　　最近闲翻一部红色经典《暴风骤雨》，里面一个情节让我疑惑。

　　"赵光腚"一家只有一条裤子，必须轮换穿着出门。冬天里除了做饭干活，一家人只能缩在炕上取暖。夏天，他老婆趁天没亮就去地里，光着身子干活，晚上要到天黑了才悄悄溜回家。

　　我的疑惑是：他老婆光着身子在玉米地里干活，岂不被划得到处是伤？而且，蚊叮虫咬之类的问题如何解决？

　　最合适的解释是，由于长期在野外劳动，经受风吹日晒雨淋之后，身上皮肤生了"黝"，溜光油滑，已经自行具备防护功能。

　　我马上联想到劲皮蛋兄妹小时候黝黑光亮的皮肤。

　　劲皮蛋家有一大群麻鸭，长年在外放养，需要专人看守，这个看守的任务就落在劲皮蛋兄妹身上。

　　劲皮蛋经常四处捣蛋玩去了，老实的禾妹子每天撑着一根长竹竿，戴顶草帽，在河边田头蹲着。

　　如此下来，禾妹子就变成了黑妹子，笑起来，明晃晃的牙齿格外醒目。

有次，她爸发脾气，追着她打，却不料，抓到手后又溜了。

天天在太阳底下晒着，禾妹子的皮肤不仅黝黑，而且油滑光亮。

用朝氏粒的话说，就是"那身上溜滑得闷子（蚊子）都站不稳，你们怎么抓得住？"

我想，"赵光腚"夫妇身上，大约也是蚊虫都站不稳了。

这样结实的皮肤，当然可以坦然面对大自然中的各类敌人。

我走出璜塘湾之后，没有了农活的任务，户外活动少，皮肤的自我保护能力大约就此下降了。

想当年，我也是在天地中野蛮生长出来的啊。

璜塘湾早几辈的老人，根本没有节育的概念。肚里有了娃娃就生，一般女人都会顺其自然地生十多个，当然最终能够活下来的只是少数。

物竞天择，适者生存。

母亲生了几个小孩，从未进过医院。我在母胎中养得比较肥，来到这世界时出现了难产，当时把正在修黄材渠道的一个赤脚医生找过来帮忙接生，才侥幸活下来，算是沾了现代医学的光。其余几个，母亲都是依赖璜塘湾的原始方法生产。

小孩出生以后，没有疫苗，没有婴儿食品，没有特殊看护，一些小麻烦也是土法子自行解决，运气不好的话，一场小病就可能要了哪个娃娃的命。

即使一切顺利，正常发育生长，也都活得特别粗糙。据说有些娃娃多的人家，晚上哪个娃娃躺在柴堆里没有上床睡觉，家长都不知道。野狗、蛇、蜈蚣各类动物"深吻"娃娃的事，并不鲜见。

总之，成人的路上，危机重重，福大命大，成长成人全靠上天保佑。

我清晰记得十岁左右夏天的傍晚，太阳已经斜挂在河对面竹山湾的上空，姐姐带着我们几个在长丘割稻子。

天气燠热，头埋在稻田里，又闷又痒。

弯腰割稻时，毫无预兆地，我突然感觉到左手一股热流，然后，看到鲜红的液体从指间冒出来。

镰刀割掉了左手无名指的一半指尖，但在那一刻，也许是割断了部分敏感神经，我竟然毫无痛感。

看到汩汩的血流，几个小孩惊叫，但束手无策，姐姐只是叫我快点回家去找大人包扎。

回家时，须先越过小河。

我慢慢走到河里，看着血呼呼的有泥的左手，觉得很脏，于是把手伸到水里，想先把手洗干净再说。

伤口伸进水里，可以清晰地看到血流的方向，血丝顺着河水极速往下游流去。

河堤上青蒿皮挑着一担谷子走过来，看到河里的血水，大喊："你还不快回家去，记得把手举过头顶。"

我仍然没有痛感，但还是听了青蒿皮的话，把手举过头顶，走回家去，一路上，血水滴答滴答。

走到家里，正好伯伯进来，他很有经验，赶紧找根布条把我手指绑住，又点燃一根烟，将燃烧后的烟灰洒在伤口上，再包扎起来。

这时，伤口的疼痛才传导出来，而且一阵比一阵强烈。

而这，也就是全部的处置措施了。

没有打破伤风针，没有药水消毒清创，在那个燠热的夏天里，伤口完全靠自身的生命本能在修复。

由于受伤，那个夏天我享受了一回特殊待遇——可以不再参加"双抢"。

为此，朝氏粒每天故意嘲笑我："你就是想偷懒不干活吧，故意把手搞伤。"

如果是为了偷懒，这个代价，未免太大了一点。

几个星期后，剥开一团血痂，可以看到，里面的伤口长出了白生生的新肉——由于没有进行专业缝合，指尖另长了一个弧形。

这也算是一个"不能忘却的纪念"吧。

我这样的"血腥经历"，在璜塘湾的大人看来，根本不算啥事。

在他们眼里，小孩子的事，都不是事。

冬天里，谁家的娃娃衣衫单薄，脚后跟裸在外面，生着冻疮，他们若无其事:"小孩子,没事,掉到水里都唧得叫。"

"唧"是宁乡话,形容烧红的钢铁伸进冷水里时那"滋"的一声响。

这意思是,小娃儿阳气足,冬天掉到冷水里都可以发出那"滋"的声响,穿得少没关系,冻不坏。

要是饿了,大人会把好吃的先吃了,然后大言不惭地说:"你们有好吃的在后头呢,急什么?"

说到干活,你如果想偷一下懒,他们会以过来人的身份教训你:"想当年,我是你这么大的时候,都要挑两百斤的谷子了,你这点活算什么?"

像受伤这事,他们有更多光辉的往事:"想当年,刀砍到我身上,眼都不眨一下,照样干活。"

作为一个娃儿,我们就像路边的狗尾巴草,无人在意,风吹雨打中,自由自在地野蛮生长。

至于本文开头说的什么毛虫灰,毛虫毒,那,能算个事吗?

车马很慢

整个暑假我都在抱怨天气热得像蒸笼一样。

但是,九月初开学,清晨走在河堤上,穿着短袖的手臂就可以觉出明显的凉意。

如果是骑单车,就更觉出嗖嗖的寒意。

秋天真的来了。

新学期,换了新的教室,换了新的老师,一切都是崭新的模样。

但河堤仍是石子路面,单车仍旧三天两头爆胎罢工,推着胎瘪了的单车走在上学的路上,心情仍旧沮丧。

当读书声响彻校园的时候,表明这个时候同学们基本到校了。我穿过空荡荡的操场,走到教学楼二楼,想悄悄从后门溜进教室。

很不幸,班主任老师守在门口:"你怎么又迟到了?"

一个"又"字,道出了我的"迟到专业户"身份。

在班上,我家算是离学校远的,另外就是桂桂,她住在天坪山坳里,也是三天两头迟到。

桂桂个子比我高,她在弯弯的山路上骑着一辆二八男式单车,横冲直撞,飒飒生风。

平日还好,遇到下雨,山路上满是泥泞,她那辆二八单车不仅发挥不了威力,还成了负担。

所以,往往是我进教室后,才看到她两脚泥浆、气喘吁吁地进来。

璜塘湾

迟到似乎是一件没法控制的事。

小学开始，我们几姐妹就是自己起床，默契地分工，一人生火，一人做饭。

吃了饭，自己步行去上学。

当时璜塘湾的娃儿都是如此。

因为没有闹钟，只能看着天色估摸着时间起床。

有好几回，睡了一觉醒来，见窗外亮如白昼，我和妹妹互推着赶紧起来做饭，哪知吃了早饭许久，四周仍是一片寂静，开门一看月亮还在中天，只好缩回床上再睡一会。

这时一般会真睡着，待到再起来，就已天光大亮，很明显又迟到了。

堂弟小赛家在璜塘湾最北端，他上学时，每天早上来我家等弟弟——他的堂哥一起走。

他也是估摸着时间来。

好多次，他来敲开我家的门时，还是半夜，因为太早，他就爬到我家的床上再睡一觉。

那真是一大把可以虚掷的混沌时光。

没有工具来精准度量时间，我们就按照日升月落、四季风物来判断。

柳树抽芽了，那是春天来了；

叶子落了，那是秋天到了；

鸡叫了，就是可以起床了；

太阳落山了，就是应该回家吃饭了。

邻家新结婚的中山板，新娘子的陪嫁里有一台录音机。

这是我知道的璜塘湾的第一台录音机。

每到傍晚，他们的新房就会放出歌曲，

"你究竟有几个好妹妹，

为什么每个妹妹都那么憔悴……"

我在旁边的地坪里翻着谷子，慢慢地翻，听得心都要碎了。

从前日子很慢，车马邮件都很慢。

我偶尔会收到一封慢慢来的邮件。

邮件来自长沙县影珠山下,这在当时的我看来,那是无限遥远的地方。

不知什么途径,初中生的我手里拿到一份油印的《绿洲》文学社刊。

这应该是当时宁乡几个乡镇一些活跃的文艺青年自办的文学刊物,文学社还聚集了长沙周边一些爱好文学的青年。

作为一个文艺少女,懵懵懂懂的我写了一首诗寄过去,内容早忘了,但印象深的是,很快,《绿洲》将此诗刊了出来,而且寄来了样刊。

虽然是在民间刊物上发表作品,但我还是很高兴,更特别的是,我还有了最初的"粉丝"。

由于《绿洲》会在文末标注作者的通讯地址,所以,一段时间之后,我就收到了影珠山下一个文友的信。信中谈到对我诗歌的感想,同时告诉我,我作品旁边的另一首诗,就是他的作品。

他的诗和字都遒劲有力。

我们就这样断断续续通信。

信件很慢,彼此絮絮叨叨一些不着边际的事。比如,他会说起,影珠山雨后很美,神仙故事很多;也会说起,他和父亲大吵了一架,俩人几乎要打起来,因为父亲看不惯他整天捧着书的样子;或者是,他读到哪些书的感想;等等。

而我,也会闲来信笔说些学习上的烦恼,升学的压力,家庭的琐事,等等。

收到来信,我都会很认真地写回信。

妈妈看到我趴在桌上写信,就会婉转地提醒:"你不要写作业吗?"

待到初三那年,看我还是认真地写信,妈妈就很担忧了:"到底是什么信?看你写得那么起劲。"

其实,写信,无非是聊天倾诉的途径罢了,没有什么可担心的。

更何况,时间那么多,那么多,那真是从容写信的慢时光啊。

我们会和相处稍远一点的好朋友写信。

写信是我们唯一的沟通方式。

高中暑假，其实也就三十来天。

但我会和好朋友琼写信，她的家在油麻田乡，属于下宁乡地带。

信件从璜塘湾出来，估计要两天；从横市邮电局到宁乡邮电局，估计也要两天；从宁乡邮电局转送油麻田邮电局，再到她的小山村，估计要一周。

好吧，等不到她的回信，我们已经开学了。

所以，她就直接把回信带到学校。

但是，当着写信人的面读信，那是一件多么让人害羞的事啊。

同样的意思，用文字表达出来，是细密柔软的倾诉，用口语表达出来，是呼儿嘿吆的大大咧咧。

这完全是两个频道的内容嘛。

不知从什么时候开始，信件已经远离生活。

再也没有那样字斟句酌的絮絮叨叨。

如果还在写信，今天这样的时候，我就会给你写："今天我们这里下雨了，今年的秋天，很是短促，感觉一下子就到了冬天。路边的烧烤摊，正冒着诱人的香气和热气。你什么时候回来？我和烧烤一起在等你。"

我们这样约定，当然也会迟到，也会失约。

但我们有着无限的耐心，只有信件联系的我们，习惯了安静地等待。

因为我们有大把的时光，可以浪费，可以虚度，可以消磨。

第一辑 风 物·

种什么是什么

春节过后，余寒犹厉，但黄材渠道已经开始慢慢供水，门前的小溪水源来自渠道，开始细细地流动。

上璜塘也慢慢地开始苏醒。

春天最先来到上璜塘岸边的柳树上。

不经意的时候，走近柳树细看，冬天里一直光秃秃的柳枝上绽出了细细的新芽，隔两天，站在大路上就可看到柳枝上的绿色了。

"真是一天比一天暖和啊。"

正老倌从大路上走过来，和父亲商量换禾种的事。

我家男劳力少，田又多，诸如施肥、犁田这类活都是父亲一个人干，特别是双抢季节，父亲一个人要干几个人的活，还要赶时间，因此活计就有些粗糙。

我家有几丘田在正老倌的门口，每次干农活的时候，我们都是去正老倌家喝水、上厕所。

赤脚沾着泥巴径自往他屋里走，个子矮小的正老倌堂客笑："你爷老倌做事有一手快呢，那田耙一次就不耙了，你们插得顺手吗？"

确实，别人家的田，要耙得泥巴烂熟且平平整整才开始插秧，我家的呢，可能才耙了一两回，田里还坑洼不平，到处是泥疙瘩，父亲就说，可以插了。

然后，他牵着牛、背着工具往下丘田去了。

怎么可能顺手？我们插秧的时候，田里的泥块有些还没有犁松，只能用脚把那一块泥踩熟一下，才能把禾插下去。

从犁田这事窥一斑而见全豹，由此可知父亲田间管理的粗放。

虽然如此，我家田里的产量并不低，甚至比好些人家精耕细作的产量还要高。

这事让很多人不解，正老倌归结出一个原因是，我家的禾种好。

这事他在先一年就和父亲说了，我们家用什么禾种，他也用什么禾种。

别人主动来换禾种，这是说明自己种田水平高啊，对一个农夫而言，还有什么是比这更高的肯定呢？父亲当然很高兴。

他们热烈地谈起捂禾种的事。

"一热二冷，掺着，种子在水里过一下，过几个钟头，再过一下，保持湿度。"

父亲是一个爱看书报的人，随便拿张纸片就可以瞅半天，他去镇上的时候，还会特意从商店里扔一边的旧报纸堆里捡几张回来慢慢看。

当然，他也从旧报纸上学到很多知识，比如捂禾种这事，报上就有科普介绍。

所谓一热二冷，就是一份开水兑两份冷水，把种子在这个兑好的温水里稍泡一下，可以促进发芽。

"还是爱看报好啊，你晓得好多新知识，难怪田种得这么好。"正老倌由衷地赞叹。

父亲听到几句恭维后忍不住飘飘然："信我的，保准你今年亩产千斤。"

总而言之，要开始春种的事了，一年之计在于春嘛。

捂禾种那几天，父亲亲自烧水，估摸着一比二的冷热比例，不时把蛇皮袋里的谷子拿到温水里浸泡一会。

三四天后，再把蛇皮袋里的谷子倒出来，这时可以看到，谷子全部长出了白白的细芽。

秧田已经备好，把发了芽的种子撒上去，抹上一层薄泥，再盖上薄膜，一个月左右，它们就会长成两寸许的秧苗。

还有很多的种子需撒下去。

挂在灶屋里干枯的老丝瓜和老黄瓜，这时可以取下来了，剥出种子，撒在溪水边的狭长地块。

用一个土碗装着、搁在窗台上的冬瓜、南瓜、苦瓜种子，可以倒出来，撒在菜地里的边角地块。

辣椒种子是从镇上的农资商店买的，父亲很认真地清理了一块土，预备了较多的辣椒苗，按照经验，总有一些人家到时需要辣椒苗。

地块要轮着种，这一块地去年种了辣椒，今年就种茄子。

"每一种菜需要的营养不一样，一块地连续种一样菜，就会造成营养不均衡。"父亲和他的伙计们谈论时，用的是非常时髦的字眼，这让他的话听起来相当专业，毕竟是经常看报的人。

"难怪，我去年的辣椒，特别长虫，今年要换一下才行。"乂老倌表示认同。

父亲还新买了西红柿种子，这在璜塘湾还没人种过。

"到时你们搞几蔸过去，尝尝鲜。"

正老倌感兴趣的是西瓜苗，他准备去找几粒种子洒在菜地里："双抢时节，吃个西瓜最好了。"

炉蜂子则准备种些凉地瓜："又甜又脆的那种，我家娃娃喜欢吃。"

璜塘湾的男人，是世界上最富有的男人，他们拥有一块肥沃的土地，想要什么，种什么就是。

这真是一个奇妙的季节啊。

我一天可以往菜地里走无数遍，只为看泥土里细微的变化。

那些撒进泥土里的种子，慢慢地拱出一个芽尖，长出两个叶片，然后，可劲地发育，生长，直至长成一个葱茏的春天。

·璜塘湾

野生之物

春天的璜塘湾，到处都是野生的宝贝。

比如，胡葱。

胡葱，形似葱、藠头，但又有区别，香味更浓烈，更关键的是，它们无须人工种植，只要有合适的温度，就在田埂地头疯长。

同样是采葱，去菜地里采种植的葱，就远远没有野外采胡葱的乐趣。这里的乐趣来自于突然的发现、意外的收获和野外的欢欣，尤其是在路遇一丛长得特别剽悍生猛的胡葱时，真让人感觉到了阿里巴巴发现宝贝时的巨大惊喜。

乡野少年的心很容易满足。

放学回家，我们要沿碎石细沙的河堤步行四十分钟左右，拂面的春风轻柔温煦，河道里流水潺潺，天上云层舒展轻透，一切都是春天的模样。

我们三五成群地走，有时踢着石子，有时打着梭镖，有时采一把紫云英做成手链、项链，挂在颈上、手腕上，有时折一根麦秆做成口哨，一路使劲地吹。

有时，我们会采胡葱。

一群小伙伴，走在河堤的斜坡上，眼睛梭巡着地面，每看到一丛长得壮实的胡葱就要欢呼一下。不一会儿，大家手里都有了一小捆，用橡皮筋捆起来，挂在书包上，屁颠屁颠地回家，晚餐桌上就又多了一道胡葱汤或是胡葱炒蛋之类的菜肴。

小小的河堤，仿佛有采不完的胡葱，每天采，每天有，是个采掘不尽的宝库。

比如，野芹。

下璜塘的水边，罗三叫老屋附近的溪边，春天总是丛生着茂盛鲜嫩的野芹菜，那是让人垂涎欲滴的鲜嫩。

它们没有人侍候，也没有任何特殊的肥料，但偏偏比旁边菜地里种的菜长得还快。

我拿着镰刀去割野芹的时候，罗三叫堂客热情地招呼我，她的声音洪亮，隔老远就听得到。

罗三叫是中年以后结的婚，这个堂客不知道来自哪里，个矮人黑，整天笑眯眯的，浑身散发着一种天真淳朴、不谙世事的热忱。

她叫我名字的时候，我听得出发自肺腑的真挚的亲昵，她称呼每一个人的名字都是这样，我觉得她对这个世界从未有过一丝不满，对任何人都是敞开胸怀的信任。

她走过来，热情地帮我，没带镰刀，直接用手掐。

"这个多的是呢，你喜欢吃这个？"

我说不上喜欢吃，只是喜欢采摘的这个过程。

世人很多时候对很多事物都是如此，他不一定真正需要，但是会在可能的情况下不断采摘，占为己有。

罗三叫堂客说："我还是喜欢吃肉，所以我要罗三多喂几头猪，我有时就来割这个喂猪。"

我居然一点也不觉得被冒犯。

我喜欢她这种单纯的喜欢。

比如，地菜子，"三月三，地菜煮鸡蛋"。

实际上，到农历三月三的时候，地菜已经开花，呈现出老相了。

地菜刚长出来的时候，鲜嫩生脆，凉拌、小炒都是极好之物。

璜塘湾人认为，三月三这天吃了地菜煮的鸡蛋，一年都会身体好，尤其是可以有效防治腰痛。

· 璜塘湾

清早，趁着太阳没有出来，妈妈就去外面扯了地菜回来，洗净，和剥了壳的鸡蛋一起煮，一直煮到锅里的汤变成淡绿色。

"吃蛋，记得把水喝了啊。"

妈妈要求我们，不仅要吃鸡蛋，更要喝煮鸡蛋的地菜水，"营养全部在汤里"。

加了糖的地菜水，其实蛮好喝的。

不知道吃地菜煮鸡蛋的真正效果如何，但是，璜塘湾人如果这天没有吃到地菜煮鸡蛋，就会感觉少了什么，这种感觉就像在高速行驶没有系安全带，少的是一种踏实感和安全感。

比如，雷公屎。

春天的晚上，炸雷轰隆隆从屋顶连连滚过，"噼里啪啦，噼里啪啦"。

"雷公拉屎了。"

第二天去黄材渠道堤上的浅草丛里看，肯定，遍地都是黑乎乎的雷公屎。

我小时真相信这是雷公拉的屎，对雷公充满了敬意，真厉害啊，一下子拉这么多。

雷公是一位让人敬畏的神。

妈妈说，如果谁撒谎，雷公就会劈死谁。

有次我失手把家里唯一的陶制水壶摔坏了，妈妈问我们时，我和姐妹们一样说不知道。

整晚上妈妈一直在唠叨，说不晓得哪个不懂事的，把壶子弄坏了，她要父亲明天必须去镇上重新买一个。

我听着妈妈唠叨，心里忐忑不安，想再去承认，却没有勇气。

那天晚上一直下雨打雷，雷声很急，我直觉那雷就是朝我房间里砸过来的。

我紧紧蒙着被子，心神不宁，最后终于勉勉强强睡着了，第二天，我居然好好地醒了过来。

而父亲，已经顺手在黄材渠道上捡了一盆雷公屎回来。

原来雷公也不见得次次来真格的，好侥幸。

当然，后面我知道了，所谓的雷公屎，其实只是一种菌类，也称地木耳。

地木耳形似木耳，颜色青黄或是紫绿，呈半透明状，和猪肉一起小炒或是下汤，均极嫩滑爽口。

雷公屎可以清热解火、明目益气，东晋医学家葛洪曾将此物进献给皇帝，体弱的太子食用之后，立觉神清气爽，身体也大为康复。龙颜大悦，所以皇帝将雷公屎赐名"葛仙米"。

雷公火气那样大，雷公屎却可以清热解火，真是一个奇妙的存在啊。

上　学

没有上学的时候，盼着上学。

每天看到邻居家的哥哥姐姐们背着书包去学校，心里充满了无限的羡慕。

我小的时候，乡下普遍没有幼儿园、学前班之类的设置，即使到了上小学的年龄，也要经过"考察"才能正式入学。

所以，建叔天天来逗我："永妹子，快要上学了，考你一下，假如老师问你，家里什么黄桶？你怎么回答？"

"三个黄桶。"

"什么阶基？"

"三个阶基。"

建叔和旁边的人笑成一团，我莫名所以，不知他们笑的是什么，因为这些问题和答案就是他们平日给我们做的训练。

村里人经常说一个故事：

早些年，七岁的龙伢子入学的时候，老师问他："你家里什么成分？"

龙伢子答："我屋里三个黄桶。"

"你家里什么阶级？"

龙伢子答："我屋里三个阶基。"

老师当即让他回家。

结果，龙伢子到第二年才入学。

可怜七岁的他，哪里懂得成分和阶级是什么？

这个故事大人讲了好多次，教训太深刻了，我可不想入学时被退回来。于是，姐姐做作业的时候，我也照着她的样子抄写，希望争取入学时有个好一点的表现。

事实上，我入学的时候，老师并没有提那些奇怪的问题，只是简单问了一下姓名、年龄，然后要我写几个字看看，就这样，同意我入学了。

太简单了吧。

小小的我并不知道，当时改革春风正劲吹，阶级和成分之类早已是陈芝麻烂谷子的事了。

只是九年制义务教育还没有推行，学位稀少，适龄孩子并不能够全部及时入学，和我同龄的劲皮蛋和兰妹子，虽然当天一起去了学校报名，却被安排第二年入学。

绝大部分孩子即使能够正常读完小学，升初中的名额仍然有限。

尤其大多数璜塘湾的娃娃，对读书并不怎么上心，所以，他们中的很多人都是读完小学后就直接升入了"社会大学"。

用大人们的话说是，反正就是插田扮禾，读那么多书干什么？

的确，插田扮禾时的表现，与书读得多少没有一丝关系，但是，谈恋爱写信时，问题就来了。

再满哥经人介绍，与铁冲的一个女孩子订了婚，订婚后女孩依旧去了南方打工，中间有段时候，女孩子对这桩婚事有些犹豫。

在没有手机的当时，俩人只能靠书信来往。

女孩子的书信写得很好，逻辑清晰，表述清澈，一看就是读书识字的人。

再满哥虽然模样周正，人也憨直可爱，可是只读了五年书，要给女孩写封动人的情书，简直要了他的命。

可此时正是要好好表现的时候啊，不会写信的短板，无论如何也不能暴露。

在璜塘湾，男人讨堂客不是一个人的事，而是整个家族的大事。

璜塘湾

所以，再满哥的问题，就是全家的问题。

艰难时刻，他那读了书的嫂子上阵了。

再满哥每次收到信，立即交给嫂子，他嫂子就揣着信来和我姐姐商量怎么回信，俩人一字一句地研究，好像在搞创作。

我姐姐同样很早辍学，她虽然学历不高，但是平日爱看书报杂志，保持着终身自学的好习惯，在璜塘湾也算个文化人，写情书这事，难不倒她。

女人代男人写情书还有一个好处是，知道女人想听什么话，喜欢什么口气。

"开头一定要写一句，我终于盼到了你的来信，这样就显得一直在想她。"

"这个地方加一句诗，比如，'明月千里寄相思'，这样显得再满哥有文化。"

"要说两句最近很忙，很辛苦，她就会更加心疼再满哥。"

三个臭皮匠，顶个诸葛亮，这样精心制作的一封封书信，终于打动了女孩的芳心，女孩子如期回来与再满哥结婚了。

"终于结婚了啊。"姐姐和再满哥嫂子都很高兴，她们觉得自己立了关键的大功，很有成就感。

至于结婚后两个人如何磨合，那是初中课本上也没有的东东，只能靠再满哥自己去发挥了。

"到外面去，还是要多读一点书呢。"中山板和儿子痛陈历史。

用中山板自己的话说，小时候读书，雷槌都槌不进去，痛苦地熬过小学后，无论家里怎么追着打，他都不肯去学校了。

家里只好送他去部队，想着他有个伯伯在部队里任职，应该可以指导他很好地成长。

可是后来，中山板还是从部队里跑回来了，感慨着"书读少了，部队里不好混啊"。

真真是书到用时方恨少。

读书条件有限的年代，璜塘湾还曾流行过"读书无用论"的观念，确实扼杀了很多人求学深造的机会，这是一代人的遗憾。

不过，从另一方面来说，学历不完全代表文化，文凭也不完全代表水平，学习是终身的，有心求知的人，处处都是课堂。

所以，我对深藏民间的很多高人，充满了敬意。

· 璜塘湾

三 月

三月，有时下雨。

璜塘湾四野青黛，远山近树，在茫茫雨雾中静默。

雨丝带来的寒意，让我不得不裹紧衣服，看到灶里有火，赶紧伸出手靠近了烤一烤。

清明将近，父亲去了镇上一趟，买回了上山祭祖要用到的挂山钱。

挂山钱是用白色纸或彩色纸制作的花纹长串，中部用红色或绿色纸束着腰，红色的表示要送给男性祖先，绿色的表示要送给女性祖先。

雨季开始了，清明挂山祭祖最重要的一个原因是，要给祖先们送雨具。

历书上标注的清明只有一天，但璜塘湾人允许各人根据自己的实际情况选择挂山的日子，说是前三天后三天都可以。

不过，假如谁真的拖到"后三天"去挂山，就会被视为不恭敬。

因为璜塘湾还有一句话："前三天送的是伞，后三天送的是斗笠。"

斗笠遮雨的效果勉强，如果不配上蓑衣，脑袋以下都会湿透。

所以，如果你给祖先们送个斗笠，那算怎么回事呢？

另外，对于挂山这事，璜塘湾人认为，你要么从来不去，要么年年去，但你不能今年去挂山，明年又没去，否则这种不确定性会让祖先很犯难："这雨具，到底有没有呢？没有我就早作打算嘛。"

祖先也是很不容易的。

雨停时，父亲拿起挂山钱，带我们去山上。山径两边的草丛里都是雨水，一路走过去，裤管扫过草丛，膝盖以下全湿透了。

锄草，插上挂山钱，点香、燃烛、烧纸钱、放鞭炮，作揖。

每个坟茔前都是这样的程序。

返回时我们可以从容一点，在路边的荆棘丛上折几根刺生子嚼着吃，或是顺便捡点雷公屎。父亲不和我们玩这些，他径自一个人回去，牵着牛，冒雨犁田去了。

他有时会喊我们帮忙背农具。

泥泞湿软的田埂上，一踩就冒出一汪水。走在这样的地方，最大的危险是，会突然遇到硕大的"触泥子"。

"触泥子"书面语叫蚯蚓。

平时挖土偶尔看到的小"触泥子"虽然形象不佳，但还不至于太吓人，而雨季里田埂上爬行的大"触泥子"，则是我觉得最恐怖的生物之一。

每每这个时候，我都是惊叫着飞奔逃离，然后，接下来的一顿饭都会恶心得吃不下。

劲皮蛋看到我这样子，总是哈哈大笑。

有时我走过他家的田埂，他会突然丢一条大"触泥子"到我脚下，看我惊叫不已，他则乐不可支。

三月，有时天晴。

太阳一出，整个璜塘湾立马感觉到春意盎然的温暖，田里土里的植物都在春光里自由自在地发芽、生长、舒展。

每个人都喜气洋洋："好天气啊。"

家庭主妇不停地洗洗涮涮，好像要把一冬的沉闷洗去。

男人们扛着锄头，走向各自的田头，他们有时停下来，互相递根烟，挂着锄头闲扯一会。

老爹爹坐在阶基上舒服地晒太阳，熬过了去年冷冬，他知道，又一年的新生命开始了。

燕子开始回来，忙着在堂屋的墙上砌巢。

母鸡们红着脸，竞赛似地下蛋，家里不几天就可以收一篮。

母猪发了情，在栏里焦躁不安地哼哼，赶公猪的师傅要催好几遍才能过来："所有的母猪都发着情呢，忙不过来啊。"

狗们毫不顾忌地在院子里、大路边缠绵撕扯追赶，做些不雅观的动作。

半夜里，野猫立在围墙上拼命地叫春，声音凄厉惨烈。

猫真是春天里最不浪漫的动物。

笋子正在疯长，一晚上可以窜高一米多。

大人们聊天："您那伢子长得快呢，像笋子一样。"

没有，我们永远也长不赢笋子。

我有时站在笋子旁边静静地看："你不是长得快吗？我看你到底是怎么长的。"

然而，我盯着它的时候，它是静止的，我转过身，回头再看，它就似乎蹿高了一点。

笋子也在和我玩游戏呢。

每个季节里都有逆行者。

油菜开了花，结了籽，它们必须在春天结束之前成熟，好把土地让给早稻。

三月黄是冬天里长出的小草，它们必须在春天里死去，犁田时被直接翻到泥土底下，因为这是一年的新肥。

黄材渠道堤上的乌泡也必须成熟。

春天里到处开花，乌泡是春天给璜塘湾小孩的特殊礼物，这是春天里唯一可以尝到的野果。

三月，你好。

木楞古

大约农历九月,晚稻成熟,农田不再需水,黄材水库开始关闸,昔日丰盈的渠水,显著降下去,直至我的膝盖以下。

渠底的石头嶙峋出水面。

肥硕的蟹就趴在石头下面。

这些蟹,常年久居水底,大约从未见过人类这种天敌,完全不懂逃避反抗之术。

我用手慢慢围过去,一抠一个准。

还有一种小鱼叫木楞古,这是我们村里的叫法,学名是什么,我也不大清楚。灰褐色的花纹,长约两寸许,它们喜欢静静地靠着渠壁发呆。

单手去抓,它们也不会逃,睁着一双天真的圆眼,任你处置。

所以,刚退水的那几天,去渠里捉鱼,总是很有成就感。

抓鱼时一个个撅着屁股伏在水面,很多时候,小伙伴的屁股上都有圆圆的水印。

"哈,永妹子你又尿湿裤了啊。"

我提着桶走回家,正好看到建叔端着饭碗,一边吃饭一边在邻居家串门。

他总是嫌家里伙食不好,吃饭时,就到各家看看吃什么菜,顺便夹几筷子。

他笑话我屁股上的水印。

"你才尿裤子呢。"

· 璜塘湾

我瞪了建叔一眼，表示不满。

他一点也不生气，凑过来看了一下桶里："哎呀，永妹子厉害啊，晚上你屋里吃鱼时记得喊我。"

建叔长得很帅，风华正茂。

当时他还没去镇上开店，天天在璜塘湾游荡，以逗小娃儿为乐。

他家门前的菜地边，有一条沁水小沟，我们趴在水边钓螃蟹时，建叔也会过来："哎呀，哪有你们这种钓法，来，看我的。"

他跳下来，拿了我们的"钓竿"——一根剥了叶子的藤，在水里一阵乱划，把水搅浑，然后哈哈大笑跑了，留下我们几个发傻。

叔阿婆看着我们，一边笑一边骂："建伢子你这个畜生，你是没事做得吧。"

他不久就去铁冲街上向朋叔学习手艺，然后很快出师，到五里堆集镇独立开店。

个性爽朗大方的他，生意做得风生水起。

回璜塘湾时，远远就可以听到他的笑声。

他照例大大咧咧来我家串门，一边招呼"二嫂，今天你们吃什么"，一边打开我家的碗柜，看有什么菜，像在自家一样大方随便。

妈妈问他："你和对象什么时候结婚啊？"

建叔一点也不回避："想结婚啊，还没想好找谁做媒人啊。"

在恋爱这个问题上，他坦诚得很，当时他正和小河对面大坟山的一个漂亮女孩谈恋爱，俩人经常手牵手在璜塘湾的大路上散步，对于保守的璜塘湾人来说，这是很新派的范。

后来女孩到五里堆帮他一起照管生意，俩人生活在一起了。

这就是理想爱情的模样啊，每每见他们甜蜜地依偎着从门前路过，我们小姐妹充满了羡慕。

大人们则喜欢调侃建叔临到要结婚才想起找媒人的事。

"胡格建，你就厉害呢，找个这么漂亮的堂客，还省了谢媒钱。"

"哈哈哈……"建叔的笑声爽朗而明亮。

后来究竟请了谁做媒？最后给了多少谢媒钱？我真是不记得了，当然这也不是小孩子关心的事。

我唯一记得的是，一群小孩子跟在大人后面，一起到步行距离十来分钟的大坟山，把新娘和嫁妆接过来。

新娘肚子里的宝宝已经很明显，她穿一件宽松的外套，笑眯眯地和我们一起走进璜塘湾，正式成为璜塘湾的媳妇。

当天晚上，建叔家放了一整晚的录像招待客人，20集《马永贞》一口气放完时，天色已经大亮。

更早以前，璜塘湾的结婚喜事，一般都要唱一晚花鼓戏；后来电影兴起，改为放电影；再后来，改为放录像。《上海滩》《射雕英雄传》《神雕侠侣》那些连续剧，我就是挤在谁家的晒谷坪里整晚痴痴看完的。

人生如戏。

当你一整晚沉浸在一部连续剧里时，几天都从剧里醒不过来。

有些人的人生，是冗长的连续剧。

有些人的人生，是短短的电影。

建叔应该算后者吧。

他有过美丽的爱情，生下了美丽的女儿，但幸福是世间不能持久的事物。

结婚不几年之后，他突患中风，病倒在家。此时已外出读书的我，偶尔回家转到他家门口时，他会扶着墙壁颤巍巍地出来："永妹子，你回来啦？"

他身形消瘦，声音微弱，全然不是以前意气风发的模样。

我照例拿个筲箕到水边捉鱼时，他也不会再大笑着跳过来。

他静静地倚着门框，像秋天黄材渠道里的木楞古。

他很年轻就走了。

黄材渠道里的木楞古，大约也没有度过冬天。

· 璜塘湾

放　牛

我的主要任务是照管一头牛。

一头皮毛深棕油亮、体格健壮、犄角尖尖的牯子。

它是璜塘湾的牛老大。

它的强大不只是因为身体方面的硬实力，更在于思维方面的软实力。

它平素温和，很是绅士，不多事惹事，但一旦有牛挑起格斗，它绝对气魄非凡，从无败绩。

比如，格斗开始，它总是千方百计把自己的身体转移到高处的有利位置，借助地势俯冲，三下五除二就把对手顶得落荒而逃，然后轻扫一下尾巴，淡定地继续啃草。

很有大家的风范，不惹事，但来了事不怕事。

所以，当别人火急火燎去给牛劝架的时候，我总是若无其事慢腾腾地走。因为我知道，不待我赶到，战斗应该结束了，而且，我家的牛准赢了。

真棒，我的牛英雄，每次我都要好好表扬它。

新屋里下面那一截黄材渠道堤岸，有着长长的斜坡和茂盛的草，是个天然的小牧场。

璜塘湾的牛大多在那集中。

放牛必须很早起床，虽然我每天都是被老爸吼起来，不情不愿，但比起其他农活，放牛算是一个很自在的活。

而且我可以看书。

不过我经常因为看书，把牛放丢了。

有几回，牛越过渠道，跑到五亩冲的山里去了，老爸找了很久才把牛找回来。

"到底是你看牛，还是牛看你？"从不骂人的老爸，也忍不住数落我几句。

家里六口人，弟弟还很小，其余都是"大小姐"，十几亩水田要耕种的活，只有父亲一个壮年男子操劳。放牛这种轻活都出状况，还需要他劳神费力地去满山找，耽误他半天工夫，怪不得发火。

五甲板也经常在渠道对面放牛。

他是个矮壮的小老头。

他放牛很认真，牵着牛绳，亦步亦趋，不像我是完全的自由主义。

隔着渠水，他经常调侃我："你又看什么书喽？"

我随口糊弄他，反正说啥他也不知道，因为他不识字。

但他口才极好，会唱山歌，会编段子，还会赞土地，赞狮子。

他张口就来的四六句子，极是押韵。

真是可惜了，他居然不识字。

我那时只是傻看书，没有记录的习惯，要是把他随口而来的段子记下来，该多好，真是可惜了。

璜塘湾可看的书真是少。

从《三国演义》到《故事会》，从《知音》杂志到《今古传奇》，凡是有字的书，我都会去找来，用于放牛时间解闷。

有次居然借到琼瑶的《烟雨蒙蒙》，为了能把书看完，我把回家的时间一再推迟。

太阳到头顶了，我还没回家，老妈以为出了什么事，出门来找我，结果我就是在屋后边看书看得云里雾里，牛兄弟吃饱了，不急不躁、安闲地陪着我。

老妈真是好骗，她居然一个劲地表扬："这个妹子变勤快了，放牛多认真啊。"

璜塘湾

我牵着牛从堤上走下去,回家前带牛去溪边饮水。

海四老倌扛把锄头从大路上过来,逗我。

"永妹子,嫁给我家细满伢子要得不喽?"

他的小儿子,叫细满伢子,是个帅气的少年,比我高一届,成绩也极好,在学校里是风云人物。

我们几乎都没说过话呢。

怎么可以说嫁人这事呢?我还不到十岁,真是让人又害羞又生气。

不知道怎么表达愤怒,我把他搭在锄把上的夹衣扯下来,扔到溪里,然后撅着嘴巴生气地走了。

海四老倌一边捞衣服,一边哈哈大笑。

真不知道大人们为什么总喜欢开这样的玩笑。

就像海四老倌,他衣服湿了不仅一点不在乎,而且马上拐到我家和我妈说这事,俩人笑得前仰后合。

我越生气,他们就笑得越开心。

我不理他们,直接把牛关进牛栏,再放一篓草在牛栏边。

牛是我家的主要劳力。

除了犁自家的十几亩田,老爸还承包了犁田的业务,这样可以挣点小钱。

尤其"双抢"期间,是它最累的时候,每天从清晨忙到天黑,脖颈上甚至会勒出血痕。每天傍晚收工的时候,牛步蹒跚,疲惫不堪。

有时候还要赶夜工。

晚上蚊子多,光线也不好,老爸吆喝几句,它移几步,走不动了,还勉强在走,不吭一声。

为什么说牛是任劳任怨的代名词?正是我家牛的这个形象啊。

我和老爸都特别心疼它,老爸会专门调配一些有营养的饲料,放几个鸡蛋在里面。我则会去多杀一些嫩草喂它,用刷子轻轻帮他刷遍全身,再细细帮它抠掉肚皮上的虻虫。

此时,他总是安静地站着,轻轻摇尾巴,大大的眼睛显出特别的温柔。

璜塘湾人说割草叫杀草。

大人吩咐小孩："去杀篓草回来。"

同伴吆喝："杀草去喽？"

璜塘湾人一点都不文雅。

隔壁屋里两口子吵架，女人跳起来骂男人："你这砍颈的鬼。"

男人毫不客气地回骂："你这只猪婆子，看我不砍了你。"

骂得要死要活的，但过两天，俩人又有说有笑了。

杀草是个艺术活。

满满扎实一篓草，一是很难完成任务，二是背不动。

我们常用的一个取巧办法是，把长长的草插在篓的四周，好像花鼓戏台上武士背部的旗子，虚张声势得很，篓子里实则没有太多内容。

背着这么"高高"的一篓草，走在路上，招摇威武得很。

"好大一篓草。"

路过五甲板的屋，他看见我们就笑。

大人们一笑准没好事，小孩的假把式他们一眼就看穿了。

我不答话，好歹，今天放牛杀草的任务完成了。

· 璜塘湾

像落枪一样落雨

瓢泼大雨似乎要把村子淹没。

"简直是落枪呢。"妈妈皱眉。

落枪是璜塘湾的语言。

常常表示不可阻挡的决心。

"明天落雨我们去双凫铺看戏不?"

"肯定去啊,落雨算什么,落枪都去。"

落枪,一定是下比大雨更大的雨了。

已经下了很久的雨,但天一直没有放晴的意思,有时还突如其来一场这样的大暴雨。

妈妈犯愁的是,衣柜里的衣服发霉了,而洗了多天的衣服还一直在滴水。

"你们再把衣服搞脏,就没衣服穿了。"妈妈又吼了一句。

除了妈妈,其他人都喜欢这样的雨。

"看大水去喽。"

隔壁万山猫公飞快地往河边跑去。

"看大水去喽。"我和妹妹也找了把破伞,俩人相互拥着跟在万山猫公后面跑。

"有什么好看的?别站河边上,快点回来。"妈妈在屋门口大喊,但是雨声很快吞没了她后面的声音。

大路上陆陆续续有去看热闹的村民。

我们远远就感知到河的不同寻常。

河平时是静静的，但现在我们隔好远就可听到水波汹涌的哗哗的声音。

河平时是瘦瘦的，浅浅的，清清的。

但现在，河水浑黄，巨浪翻滚，水平面不断逼近堤面，犹如一条发怒的巨蟒。

河里不断漂过死猪，漂过折断的大树，漂过桌子椅子……

大家站在堤边，感受着这巨浪的震撼。小孩安静下来，默默屏身息气。

"好大的水啊。"有人开腔了。

"听说有哪户人家的屋子冲走了。"

"听说铁冲一个人掉河里冲走了。"

大家立即往后退几步，仿佛河里的水有长舌，随时可以把人卷下去。

河水转弯的时候，一遍一遍冲刷着对岸的河堤，掏啊掏，仿佛要把河堤掏空。

河对岸是大片的农田。

大家看着河水一点一点咬噬农田，却毫无办法。

"幸亏不会冲到房子。"大家互相扯谈一番，陆陆续续又回家去。

只有傻子才看什么大水，聪明的人都捉鱼去了。

我和妹妹回家时，就看到劲皮蛋两兄妹蹲守在上璜塘的出水口，正用竹筲箕捉鱼。

连日的雨，塘里的水溢了出来，那些关久了的鱼，也跟着蹦跶出来。

劲皮蛋两兄妹只要守着出水口就是。

他们已经捉了大半桶，而且有几条一斤多的鲢鱼，收获大得很。

璜塘湾有两口塘，分别是上璜塘和下璜塘，早在下雨开始时，这两口塘的出水口就有人占据了。

其他没能占到地方的，就热心地当起了观众和指挥官。

璜塘湾的人没事看蚂蚁打架都可以看半天，更何况大雨天捉鱼这样的不同寻常事。

"出来一条了，快快快。"

一众人齐声发出指令。

"哇，捉到了，捉到了！"一众人又齐声欢呼。

岸上的人比水里的人还激动。

下次，再下雨，我们也去守一个出水口吧。

回家时，我和妹妹念叨。

但立马忘了这事，因为前面蠕动着一条半尺长的大蚯蚓，更前面，蠕动着更多条，我俩惊得连连大叫。

每每大雨过后，泥路上就爬行着这种恐怖的生物。

"世界上最可怕的就是这种东西。"我俩小心地避开蚯蚓，并达成了共识。

回家，妈妈看到我俩一身泥水，立马开始数落："看你们喽，喊了不要你们出去，你们要出去，屋里没一片干纱了，看你们现在穿么子喽。"

我俩不吭声，去灶屋里找火烤衣服。

妈妈还在外面念叨："天阿公哎，晴半天都好喽，帮我把衣服晒干一点喽。"

"落雨其实蛮有味的。"我说。

"落雨其实蛮有味的。"妹妹说。

第二辑

旧事

· 璜塘湾

开门炮

～

零点的钟声刚一敲响，璜塘湾的鞭炮声即如铺天盖地的雨点，此起彼伏。

这是新年的"开门炮"，也叫"开门红"，开门炮一响，预示着新的一年红红火火，人兴财旺。

璜塘湾人认为，放鞭炮的时间越早，越能得到神灵的护佑，就像大年夜很多人跑到寺院去抢烧初一的头炷香一样，璜塘湾的家家户户都想抢放头响鞭炮。

所以，很多的家庭，就用看电视或者打牌等活动，熬到零点，抢先放了开门炮再去安心睡觉。

中央电视台的《春节联欢晚会》陪伴家家户户守岁，我们都是忠实观众。

春节联欢晚会上的每一首歌，在第二年都会成为热门金曲，大街小巷都可听到；晚会上的相声小品，也会立马成为最热门的段子。

电视声音成了家家户户大年夜不可或缺的背景。

父亲和母亲很少看电视，他们一直在忙忙碌碌。比如妈妈，正在大搞卫生，她要尽力把该丢的垃圾丢掉，这寓意着丢掉了一年的不愉快和不顺心。

更重要的是，第二天大年初一，璜塘湾的习俗是不能扫地，更不能往外丢垃圾，因为这会把一年的财喜扫掉。

新年也不宜洗头洗澡，所以，还在大年三十的白天，妈妈就会催着我们小孩每个人都先洗一遍。

到晚上，父母忙完家务，也要赶在零点前把自己全身彻底清洗一遍，说是洗去一年的尘垢。

除了打理名目繁多的家务事项，有时还要陪客。

比如，正老倌、炉蜂子、细满脚鱼一些人，大年夜还会出来串门聊天。

坐在火边，妈妈会端上糖果点心，再倒上一杯酒。

他们热乎乎地聊天，聊天内容无非是："恭喜你今年发了大财呀，恭喜你明年更发大财呀。"

过年了，每一句话都必须吉利讨喜。

待到他们喝得摇摇晃晃回去了，电视里的主持人也开始念来自世界各地的新年贺电了，边防哨所的军人、海外的侨胞、五代同堂的模范大家庭代表、各驻外使馆等，每年都要通过中央电视台向全国人民问候新年。

主持人每念一句，妹妹就回答一句"收到"。

好像她真收到了一样。

这时洗了澡的父亲已经把鞭炮拿了出来，这是一个非常大的红色圆饼，他把圆饼打开，让鞭炮辫子在晒谷坪里蛇样蜿蜒地摆好，然后站在旁边一边抽烟，一边静静等待电视主持人零点倒计时。

"三、二、一"，电视里的新年钟声响起，我家晒谷坪里的鞭炮声也噼噼啪啪起来。

这是过年的高潮时段，整个璜塘湾淹没在绵密繁密的鞭炮声中。

爱热闹的人家还会大放烟花，整个村子的人都凝神看着美丽的夜空，充满了新年新岁的喜悦和感慨，真真是"火树银花不夜天"。

然而，有一年，璜塘湾发生了一件悲伤的事。

海四老倌的一个儿子，买回一个巨无霸型大烟花，想让一家人好好开心。当天晚上，一家人聚在一起欣赏烟花表演。但烟花点燃了好一会没有反应，他上前去想检查一下，结果，正是那一下，烟花冲天而起……

那一年璜塘湾的春节，一直弥漫着哀伤的气氛。

这是发生在身边的血的教训，让人触目惊心，虽然此后璜塘湾的烟花仍是年年放，但是没人再敢上前去检查点了火的烟花。

放完开门炮后，一家人陆陆续续爬上床睡觉。

整个晚上，鞭炮声还会不时响起，我们就在这鞭炮声中沉沉睡去。

第二天大年初一，按习俗要迟起，否则也会被认为是不吉利的事。

比如，一年中如果遇到什么不顺利的事，别人就会说："你这是大年初一起早了吧。"

所以，正月初一的早餐，一般到快中午的时候才吃。

初一一般不会走亲戚，邻里间大家互相串门拜年，特别是我们小孩子，总是被父母赶着去长辈家里以及邻居家完成拜年程序。

我家在村里辈分高，很多与父母年龄相仿的大人都要叫我们姐妹"姑姑"甚至"姑阿婆"，但毕竟年纪小，在别人眼里还是小孩子。虽然他们叫我妈"二满太婆"，但称呼我却是"永妹子"，当然，如果谁真叫我"姑阿婆"，小小年纪的我大概也会很不自在。

拜年的场景千篇一律，我们姐妹结伴，一起进门，说一句"给您拜年了啊"。

连婆婆笑容满目，立即拿出糖果点心，往我们兜里放。

走到老篾匠家里，老篾匠堂客照例也是捧出一大盆糖果瓜子，然后表扬我们："看看，你们多听话，你们看我家万山伢子喽，只晓得耍。"

家家户户的院子里都是遍地鞭炮余屑，老篾匠家门口也是一样。

万山猫公在余屑里找了很多未燃完的鞭炮子，揣在口袋里，看到有人路过，他就点燃一个鞭炮子扔出去，把路人吓一跳。

路人反应越激烈，他就越得意，哈哈大笑。

这天是大年初一，没人敢开骂，老篾匠堂客心里有点生气，也只能委婉地说："你莫要扔到别人身上了啊。"

璜塘湾的男娃子都差不多。

劲皮蛋把压岁钱全部贡献给了桥头的小卖部，买回各种各样的"擦炮""响炮""冲天炮"，在家里不时"嘭"一下，经常把妹妹禾妹子吓得哇哇哭。

鞭炮是璜塘湾春节的主题之一。

家里来了重要客人，一般都放鞭炮以示隆重，尤其是新女婿来拜年，更是要准备一挂长鞭炮，鞭炮一响，邻居都知道谁家的新客来了，纷纷过来讨喜烟。

这个时候，新客的表现一定要大方得体，即使村民们要求过分，他也不能抠门小气，更不能生气发火，否则，他的岳父家永远会成为村子里的笑话。

胜大姑娘的婚事村里人本来不大看好，谁知春节回来过年时，胜大姑娘的老公给每人都发了一包烟，如此大方阔气，一下子扭转了村里人的印象，大家纷纷表扬胜大姑娘有眼光。璜塘湾人真是太容易被说服了。

龙灯、花鼓灯、狮子灯来了，主人家照例也要放鞭炮迎接。

总而言之，凡有一点不寻常事，都会以鞭炮表达感情。这样的鞭炮事项，一直要到正月十五晚上的元宵灯会高潮之后，才会戛然而止。

过了正月十五，村里人再也没有放鞭炮自娱自乐的理由，大家甩开了膀子，开始干新一年的活。

大家知道，只有努力地干活，下一年春节的鞭炮，才会真正响亮。

接春客

"拜年拜到初七八,尽嘎坛子尽嘎塔。"

这是璜塘湾的土话,意思是到了正月初七初八,家家户户存放过年点心零食的坛坛罐罐已经告罄,登门拜年的活动也到了尾声。

"初一崽,初二郎,初三初四拜街坊。"按照亲情序列,越是重要和尊贵的长辈,越要在最早的时间里去拜年。到了正月初七初八,还在拜年的,也说明是比较松散的关系了。

小时交通不便,到哪里都靠两条腿,家里长辈亲戚多,拜年效率又低,所以,到了正月初七八,父亲肩上挑着弟弟妹妹,妈妈牵着我和姐姐,还走在拜年的山路上。

父亲有三个舅舅、两个姨、一个姑姑,妈妈有三个叔叔、两个姑姑,一个舅舅,这些都要一一上门正儿八经地去拜年,速度再快,也要持续到初七八左右。

按照线路安排,这个时候一般是去易家冲给父亲的姑姑拜年,我们称呼她为香姑阿婆。

香姑阿婆抖抖索索从柜子里摸出糖果瓜子的时候,我不合时宜地念道:"拜年拜到初七八,尽嘎坛子尽嘎塔。"父亲和母亲听着,脸上红一阵白一阵:"细伢子乱讲。"

香姑阿婆倒是不介意,笑眯眯的:"正月都是年,什么时候拜年都行。"

拜年是晚辈给长辈的礼节，因此拜年有时间限制，但正月间亲朋好友的欢聚畅饮能一直持续到正月底，其中最典型的就是接春客，或者叫吃春酒。

据说旧时候璜塘湾的接春客、吃春酒，主要是生意伙伴、男人、伙计之间新年开始的一次聚会和交流，但等我记事起，接春客的概念泛化多了，无非就是在正月中下旬，各家把有来往的亲戚，能请过来的都请过来，凑一起吃个饭。

春天的晴日，农事还没有开始，新年的兴味还在，大家各自约了日子，从这家吃到那家，少了拜年的礼俗和拘束，组织形式也更自由。

"今天连婆婆家接春客啊。"

清早，连婆婆家在忙着杀鸡，洗涮大蒸锅，连婆婆儿子中山板到邻居家借八仙桌，一派做大场面的架势。

所以整个璜塘湾都知道她家今天接春客。

到了快中午的时候，"春客"们陆续到齐了，两边的七大姑八大姨，各自的姑老表舅老表，儿女亲家，坐满了堂屋里的四张八仙桌。

除了一些红白大喜事，两边不搭界的亲戚，一年里只有这个时候，才有机会碰面。虽然平时没交往，但坐到一起，随时都能聊得热火朝天。

"大舅舅啊，您老人家气色越来越好了呀。"

"二姑姑，您老人家倒真是越来越年轻了啊。"

"外公，恭喜您又添了个孙子，真是好福气啊。"

"姨阿婆，听说您女婿生意做得很大，赚了不少钱啊。"

小孩子在旁边听得云里雾里，不知这些人到底是什么关系。

每户人家都有一张复杂的亲戚关系网，这些亲戚聚集在一起，又以某些晚辈的身份互相称呼对方，对于外人来说，要看懂这种关系，简直比读天书还难。

好在这种关系，只要互相称呼的双方能理解就行了。

大家殷勤地互相劝酒，互相敬菜，吃到兴头上，非要把一盆大肘子分了。

"二舅妈，这块肉您一定要接了，要不您就喝一杯酒。"

· 璜塘湾

二舅妈喝不了酒，也觉得实在吃不下东西了，但还是接了那一大坨蒸得烂熟、油汪汪的肉。她坐在桌边看大家闹酒、说酒话，看的人比喝酒的人还兴奋。坐着坐着，她在不知不觉中把那块肉吃下去了，她还不知不觉地又夹了一块腊鱼，不知不觉地磕了一堆瓜子，不知不觉地喝了一大碗盐姜茶……

正月过完，二舅妈的圆脸，又扩充了一圈势力范围。

吃春酒的主题当然是酒。

最常见的是自家蒸的谷酒。

姑爷子、老舅子、大叔子、三侄子……大家在桌上推杯换盏，喝得面红耳赤。到后面，桌上逐渐零落了，有的径自在晒谷坪里太阳底下的椅子上歪睡，有的扯起喉咙重重复复发表新年宣言，逗得大家哄堂大笑，有的铺开桌子张罗着牌局："三舅，您那点酒就不行了？快来快来，就少您一个了。"

三舅摇摇摆摆地走到桌前，当家的三舅妈怕他输钱："你喝得糊里糊涂，还打得么子牌，我来代你打一把。"

于是三舅妈堂而皇之坐到了牌桌上，大家一边玩牌，一边取笑怕堂客的三舅。三舅呢，借口喝醉了，爬到房间里的床上睡觉去了。

小孩子更喜欢吃春酒的氛围。

正月初那几天，规矩多，禁忌多，一不留神说错了话，就要被大人拧耳朵，还要时不时按照礼节给长辈拜年，要鹦鹉学舌地讲些新年的套话，真是太累了。

但到吃春酒的时候，这些要求和束缚都没了，有吃，有玩，手里有压岁钱可以支配，并且没人管，这是小孩新年里最开心的时候。

喧闹一下午，有时甚至吃了晚饭，客人们才心满意足地散去。

连婆婆一家会要忙着收拾到很晚，不过第二天可以轻松，因为这天他们是"春客"，只需要收拾得精精致致去亲戚家里吃春酒就行了。

亲戚家里新的一天，是以另一个圆心环绕的七大姑八大姨、姑老表舅老表，但桌上是相似的大菜，大家说着相似的热闹话，晒谷坪里上演着相似的戏码。

大家度过了相似的余兴未尽的一天。

每年春天，璜塘湾都会是这些相似的活动。每年春天，大家都会乐此不疲地制造和享受这些相似的喜悦。

春节是春天的节日。

春酒是春天的佳酿。

春客是春天的客人。

春天是所有美好的开始。

望郎调

过年最喜欢看的还是地花鼓。

地花鼓只有两个演员，旦角我们叫"小姐"，丑角我们叫"山猴子"。

花鼓队进门，总是唱《望郎》。

《望郎》的调子高亢热烈，唢呐激昂，几乎听不清唱词内容，但见"小姐"和"山猴子"一来一往，对眉、逗趣、嗔怒、哀怨、搞怪，总之是让观众觉得开心。

一曲唱完，在这家的表演就结束了，再到下一家，重新又开唱《望郎》。

虽然是重复的节目，但我们也追得津津有味。

如果哪家的红包给得大一点，"小姐"就会唱一段小调，比如《瓜子红》《洗菜心》《放风筝》，此时只有大筒伴奏，清新婉转，十分迷人。

我到很久以后，才搞清《望郎》唱的是什么。

在闹腾嬉笑的调子外衣下，《望郎》唱的其实是深深的思念。

《望郎》，也叫《十月望郎》，从一月唱到十月。

照字面意义解释，就是姑娘每个月都在思念情郎、盼望情郎归来，曲词里唱的，则全部是细细的生活回忆。

正月新年，男人跪在女人面前拜年，女人用尖尖十指把他拉起来，这是小夫妻之间的闺房逗乐，恩爱甜蜜。

二月花朝节，俩人相识还不久，女人站在窗口等男人，男人从窗口翻过来，一把将女人抱起，这是恋爱的欢喜。

三月清明，雨下个不停，男人带着伞在路边等女人，他怕女人忘了带伞，担心女人被雨淋着，这是细心的体贴。

四月正是插田的时节，女人很想把男人留下来，但还是让他离开了，"一人耽误十人忙"，这是识大体的牺牲。

五月端阳节，江上赛龙舟，龙舟两侧是整齐的队员，中间那个英俊的打鼓郎，就是心上人，这是情人的骄傲。

六月炎热天，农事最为繁忙，女人在家中乘凉的时候，想的是男人在太阳底下劳作的辛苦，这是另一半的担心。

七月，他们和牛郎织女一样相会了，但短暂的相聚后，又要分离，这是难言的惆怅。

八月中秋节，女人把糍粑留着给男人，男人把月饼留着给女人，人不在一起，心在一起，这是绵密的相思。

九月重阳节，俩人共饮菊花酒，对着天地发誓，希望夫妻恩爱长久，这是承诺的永恒。

十月立冬，天气寒冷，女人忧心男人在外面受冻，缝制了棉衣也不知如何送过去，这是爱的担忧。

是不是因为《十月望郎》唱的都是普通人的日常生活和情爱，所以才如此受欢迎？

对于璜塘湾的一些女人来说，"望郎"的确是生活中最重要的内容。

志婆婆的男人一直在新疆工作，几十年里，男人只有在休假的时候，才能回来住上一段时间。

大部分的漫长时光，志婆婆带着两个儿子，守在璜塘湾，隔着几千里路云和月"望郎"。

小时候的我们，对志婆婆的男人充满了好奇，他皮肤白净，比璜塘湾的大部分男人都要好看，他回来后，也会在村里走动，说话之间，会不由自主地迸出几个普通话的字词。

志婆婆为什么不跟着男人去呢？这是我小时候的疑问。

为什么要去？新疆那个地方，尽是沙子石头，那里的人从不洗澡，连饭也吃不饱,他男人肯定不想要她们去受苦。这是大人给我的解释。

她男人为什么不回来工作呢?我还有疑问。

那是国家安排的工作,你以为想到哪里就能到哪里?这是大人给我的答案。

我从此对志婆婆和她男人更加增添了敬意,为了国家牺牲,太了不起了。

然后我也和大人一样感叹,太不容易了。

早几天我去德山猫公家里小坐的时候,再一次发出了这样的感叹。

德山猫公也在新疆打工,跟着一个科研队跑。

"新疆好远呢。"

"是呢,坐火车都要好几天。"

"为啥要跑那么远?宁乡也有很多工厂要工人啊。"

"工资要比在这边高一些。"

"有假期吗?"

"没法休假啊,一个任务完成了,换地方时,才能抽空回来一次。家里不到三亩水田,种粮食的话,抛开成本,一年收入不到一千五百块。田土养不活人呢,必须出去打工才行。"

在家"望郎"的德山猫公堂客,照顾着两个读书的女儿,习惯了等待与守望。

她现在的心愿是等女儿们都读大学,不需要她在家照顾了,她就可以跟男人一起去打工。

"还有五年就差不多了。"德山猫公堂客很开心地说。

像德山猫公堂客一样在家守着的还有好几个女人,她们的男人同样长年在外打工,"望郎"是共同的情结。

地花鼓已经很难再看到,《望郎》调也没有几人会唱,但《望郎》里的甜蜜、欢喜、担忧、思念和惆怅,仍然在璜塘湾延续。

赞土地

睡觉之前，我们姐妹有时在床上闹腾"耍狮子"。

顶着被单，一人当狮头，一人当狮尾，在床上不停蹦跶，同时模仿耍狮人赞狮：

"张良鲁班下了凡，

特到主家造猪栏，

猪栏造得阔，

猪在栏中好安歇，

猪栏造得长，

猪在栏中好乘凉，

老板娘子时运通，

喂只肥猪八百斤，

六月六日洞庭湖里去洗澡，

刚刚打湿猪蹄爪，

七月七日洞庭湖里去滚泥，

刚刚打湿猪肚皮。"

一个在前面唱，一个在后面不时配合一句狮吼"嗷"。

妈妈很爱整洁和干净，最讨厌小孩子把家里搞得乱七八糟，平日里是不准我们到床上玩的，即使是睡前这么闹一下，一般情况下也会要挨骂："看你们，把床上搞得像猪栏一样，还睡得人不？"

·璜塘湾

我们模仿的是过年期间,来璜塘湾走街串户"耍狮子"的师傅。

所谓的狮子,就是一只由樟木雕成的狮头和一副由白布或黄布缝制的狮被组成。耍狮队伍里,有两个人负责耍狮,一个人用锣指挥狮子,他同时也是赞狮人,还有几人负责敲锣和其他乐器。

耍狮队伍从渠道那边过来,快到老篾匠屋后,锣声开始响起。

每每这时,我们就飞奔出去,跟着耍狮队伍跑,一家一家地追着看下去,直至耍狮队伍离开璜塘湾,才恋恋不舍地回家。

耍狮队伍在每家的节目都差不多,耍《大船撑宝》的时候,主人要扔钱到"船"上,耍《肥猪呷食》的时候,主人也要扔钱到"猪食槽"里。

除了每个节目环节都要撒钱,主人还要额外包红包给整个耍狮队伍,这是一笔不小的开支,所以,我小时候,很多人家听到锣声就赶紧关门,谓之"躲狮子"。

耍狮队伍里有一个引路的,他挑着一副箩筐,里面装着各家主人撒给"狮子"的糖果、糍粑、年糕等。引路人一般是本地人,并且会走在耍狮队伍的前面,这一家还在耍狮的时候,他就先去下一家接洽,因为熟悉,碍于面子,大家就不好意思关门了。

虽然每家节目大体差不多,但耍狮队伍也会根据引路人的提示,作些特别变动。

比如,到了有女儿要出嫁的人家,赞狮人就会要"狮子"表演《小姐出嫁》:后面的人蹲下,前面的人靠着他站立,头顶着硕大的狮头,一手作举镜状,一手作梳妆状,再加一些搞怪的动作,逗得观众哈哈大笑。

到了我家,总会表演《鲤鱼跳龙门》,这个时候,妈妈就笑逐颜开地撒钱,还撒糖果、年糕。家里小孩多,妈妈的愿望是希望我们读书出去,这个时候赞狮人说的吉利话,就很讨妈妈的欢心。

赞狮是个艺术活,和"赞土地"一样,要的是张嘴就来,出口成章,且句句应景,句句讨喜。

所以,过年时,跟着赞土地师傅跑,也是我们的游戏。

赞土地其实就是乞讨,只是加了赞颂的内容,显得相对文艺一点罢了。

在物质艰苦的年代，看见"叫花子"就关门，这是璜塘湾一些人家的做法。一般的叫花子见到主人关门只能走，但是文艺的叫花子，不能随便走啊，他必须把主人的门"赞"开：

"一年一度庆春来，迎春接福大门开。

只有财门关不得，关门便是吹灯黑。

家庭没有一线光，百行百业不相当。

若是有人在家里，听了此语将身起。

老的若把财门开，南极老人送寿来。

少的若把财门开，金榜题名考得来。

男的若把财门开，红运当头送进来。

女的若把财门开，福禄寿喜全进来。"

听了这么多好话，主人再不开门就不好意思了。

进了门，就要见什么，赞什么。如果客人多，有人还会故意刁难赞土地师傅，指明要他去赞谁。

有次，赞土地师傅来时，正好舅舅在我家做客，朝氏粒也在这里烤火，他故意指着舅舅："你赞赞他看。"

舅舅戴着一副近视眼镜，典型的腼腆书生模样。

赞土地师傅亦步亦趋地过去，就舅舅的眼镜做起了文章：

"这位老板气不凡，差点看成薛丁山。

一副眼镜面前挂，游春有心好好赞。

看书写字眼疲劳，好借明镜察秋毫。

明镜高悬千里眼，人间锦绣好阅览。"

一番赞词说得舅舅面红耳赤，赶紧掏钱，要师傅快快走。

五甲板没有读过一天书，不认识一个字，但他却是赞土地、赞狮子的高手，开口就是四六句子，且句句押韵。

有次，家里来了赞土地师傅，五甲板正好也在，旁人刁难师傅，要他赞五甲板，说这是数一数二的高手，五甲板也摆出一副不可一世的样子，准备接受赞土地师傅的挑战。

那师傅见过世面，开口就赞：

"月有圆时花有香，今天欢喜遇同行。

三个先生讲教书，三个屠夫讲杀猪。

问我瓶子满不满，比起仁兄差得远。

问我唱得好多歌，比起仁兄差得多。

鸬鹚不吃鸬鹚肉，佛祖不吃和尚粥。

说起同行是一家，共分包子与粑粑，

大家一见笑哈哈。"

众人一齐大笑起来。

所以，这些师傅的才华，真真是让人十分敬服的。

赞土地者自称"游春"。

"在春天里游走"，这真是个浪漫的名号，配得上他们的文艺才华。

只是近些年春节里，极难看到"游春"的师傅了，也极难听到那些张嘴而来的溅珠碎玉了，不免有些惆怅。

立 夏

"吃了立夏坨,一脚跨过河。"

坨就是汤圆。

璜塘湾人认为,在某个时候吃特定的食物,会得到某种神秘的力量。

比如立夏这天吃了汤坨子,就会变得神勇有力,小孩也会长得更加壮实。

还在早几天,妈妈就泡好了米,然后带着我去老篾匠家,借他家的石磨把米磨成粉子。

我的任务是给石磨"喂米"。

妈妈把石磨推一个圈,我就加一勺米,米浆顺着石磨流下来,再滴到地上的木盆里。

老篾匠堂客坐在旁边铡猪草,一边和妈妈聊些大人的家常,诸如哪户人家的女儿订婚了啦,哪户人家的老爷子大寿席面很客气啦,最近给女儿相亲的对象还比较满意啦,开秧田门的时候哪些亲戚会来帮忙啦……

家长里短聊得差不多了,粉子也磨好了,妈妈把米浆倒入布袋里,回家后悬在房梁上,这样沥一晚,布袋里的米浆就变成了湿粉。

妈妈把湿粉揉熟,搓成一个一个的小团子,接下来,或煎或煮。煎时是黄灿灿的装了一碗;煮时,汤里放糖,就是甜味坨子,放盐和葱花,就是咸味坨子。

这些都是美味的立夏坨。

一年有四季,唯有夏季开始的时候,璜塘湾人会将此作为一个特殊的节日，磨粉、杀鸡、买肉、打酒，村子里洋溢着浓浓的过节的气氛。

因为夏天是农事真正开始的季节，一年丰收与否，关键在此。

"我接了舅子们过来吃立夏坨子。"

乡里人这么说的时候，实际上是备了一桌丰盛的酒席，汤坨子只是桌上的一道点心而已。

当然，舅子们过来吃立夏坨子，还会顺便帮忙干活。这天，大约也是家里开秧田门的日子。

据说，旧时候，开秧田门有复杂的仪式，诸如祭祀土地神，地主给插田师傅的招待，等等，都有严格的讲究，如果哪个环节没有办好，得罪了土地神，或者让插田师傅不开心，都可能影响一年的收成。

我的记忆始自上个世纪八十年代，此时，璜塘湾已经没有了传统的祭祀仪式，也没有地主聘请外来的插田师傅。分田到户的各家，最隆重的仪式就是把亲戚朋友们招呼过来，一起热热闹闹干农活，然后一起吃大餐。

时令已夏，但水温依然很低。

每到开秧田门的时候，大人们一边扯谈说笑，一边卷起裤脚径直下田干活，全然不知道冷的样子，而我总要在田边哆嗦一会，犹豫一阵才敢试探着伸脚下田。

"越怕越不敢，什么都不要想，直接下田喽，一点事都没有，"大人们对小孩子的畏畏缩缩不以为然。

不过，大人们的方法还是管用。

径直踩进水田里，除了当时惊叫一下，很快就适应了。随着弯腰干活的时间越来越长，水温低的事已经忽略不计，因为腰酸背痛成了最主要的问题。

虽然很累，但站到岸上欣赏劳动成果的时候，喜悦之情油然而生。

初夏的璜塘湾，一丘一丘水田白茫茫地连绵开去，但凡插过的地块，立即变成了浅浅的绿色，不需几天，璜塘湾所有的水田都会敷上一层浅绿，这些浅绿在清风里摇曳，一日一日葱茏，慢慢长成健壮的青绿。

光脚走在泥湿的田埂上，需十趾紧紧地抓住地面才能防止滑倒。

月亮丘旁边的台坡上是一块旱土，种了满坡的豌豆。开秧田门时，满坡的豌豆开始成熟，坐着休息的时候，顺手剥几颗嫩豆子当零食。

璜塘人说的豌豆其实是蚕豆，真正的豌豆，璜塘湾人称之为麦豌豆。

新鲜未老的豌豆，水里放少许盐，煮熟，是这个季节待客的佳品。

再过段时间，将老了的豆子晒干，炒熟，便变成了硬邦邦的"铜豌豆"。璜塘湾很多人喜欢吃这个，他们随时揣一些在口袋里，没事就扔进嘴里咯嘣一下。

如果赞扬哪个老人家身体好，一般是这样的："他还可以吃豌豆子呢，牙口结实得很，估计可以活百来岁。"

能够嘴里咯嘣咯嘣咬豌豆的人，都是身体硬朗得很的人。

豌豆此时开始成熟，而扁豆此时才开始播种。

苦瓜、丝瓜、南瓜、冬瓜刚刚伸出几片小叶。

辣椒苗、茄子苗还需要分栽。

璜塘湾是一块福地，水源充足，在夏天充足的阳光里，植物们一个劲地疯长，不需几天，父亲就要忙着搭瓜架、锄杂草了。

立夏是一年农事忙碌的开始。

据说立夏前后的农历四月初八也是牛的生日。

所以，妈妈给一家人做汤砣子的时候，父亲则会去割满满一篓嫩草，丢在牛栏里，并用竹扫把将黄牛牯全身上下轻轻刷一遍。

黄牛牯安静地立着，很享受这种全身按摩，它大约也知道，生日过后，辛苦的夏天真正开始了。

·璜塘湾

果然很好呀

回璜塘湾，第一件事就是往菜园里跑。

秋末冬初，门前的菜地满是绿意盎然的白菜萝卜；后院用篱笆分成了两部分，一半是菜地，种着白菜、萝卜、茼蒿等物，另一半则种着两株柚树。高大的柚树现在结满了累累果实，为了防止果实压断树枝，父亲打了几个木桩，以作支撑，树下则是一大群鸡的势力范围。

柚树伸到了围墙边，果实也垂到了墙边，路人伸手可摘，但却没人理会。邻居义老倌和中山板的屋旁，几株橘树也结满了金灿灿的果实，枝丫更矮，袒露在路边，也没见有人摘掉几只。

"村里民风真好啊，路边的水果都没人摘。"我和妈妈闲聊。

"家家户户几乎都有，又不值几个钱，谁来摘啊。"

早些年，我家屋后曾经有过一株毛桃树，虽然结的果子又酸又小，却也让璜塘湾的小朋友天天觊觎，时不时有人溜进去偷摘。

水果真是太稀罕了。

当时的璜塘湾，几乎没有正儿八经的果树，除了我家的毛桃树，另外就是芝崔壶屋后的酸枣树。

那株酸枣树很高，树下还长满了荆棘，不借助长梯等物，要爬上去摘枣几乎不可能。

放牛时，我每次都要经过那株树下，但只能口里流着酸水眼巴巴地看着枣子长大、成熟，直至坠落在刺丛里。后来读《三国演义》看到"望梅止渴"的桥段，心里豁然，眼前立刻闪过那株高高的酸枣树。

去外婆家的路上，有个叫枫树坪的地方，曾经有一大片桃园。

春天来时，整个山坡都是粉红色的云霞，几场雨后，桃花渐次零落，待到端午前后，诱人的粉白大桃就挂在树上了。

端午节，姐妹几个去外婆家，口袋里没有一分钱，远远看着贩桃的大人在那忙碌，又好奇又羡慕，但终究是没有勇气走近果园，我们一边继续往前走一边又屡屡回头，想办法自我解嘲。

"听说那桃子并不好吃，尽是毛毛。"这是吃不到葡萄说葡萄酸。

"卖桃子的肯定也去了外婆那边，放心，外婆家里肯定买了桃子。"这是画饼充饥。

"等到明年春天，我们可以去里面找一株小苗，栽在自家园里，以后，你们想吃多少就有多少。"这是励志发奋。

"这么大的桃园，就那一个守园的窝棚，小偷会不会去偷呢？"这是杞人忧天的担心。

那片桃园不知什么时候消失了，倒是长大后的我，在镇上的农贸市场看到有人卖果苗，立即买了几株柚苗和橘苗回家。

我理想的家园是果园、花园、菜园一体。

父亲对果树并不感兴趣，觉得占了他的地。买回来的果苗，他很随便地栽在屋后的菜地里，旁边照常该种啥种啥。

所以，开初几年，果苗都是与白菜、萝卜、辣椒挤在一起，委屈地争着阳光、肥料和水，长得极慢极慢。

每次回家，我就跑过去看这些果树，很是纳闷，书上说不是两三年就可以挂果吗？咱家的怎么长得这么慢呢？后来慢慢看出了门道，就和父亲"抗议"，有几回，我一不做二不休，径自把果苗旁边的蔬菜拔掉了。

势力范围是靠实力抢占的，柚树明显长得快了。

柚树长大以后，周边就没法种菜了，于是，父亲在树的周边围了篱笆，圈了一个小小的养鸡场。柚树与鸡日日相处，似乎很有活力，加之鸡粪的滋养，柚子年年大丰收。

每次家里来客人，妈妈就切柚子招待，并不忘极力推荐："多吃点，味道比超市里卖的还好呢。"如果客人认同，她就会特别高兴，临走还要使劲塞一个才让走。

上周末回家，我特意到义老倌和中山板家的橘树下转了转，顺手摘了几个尝尝，觉着味道还不错。

如此美味，居然无人理会，真是可惜啊。

义老倌是五保户，已经七十多岁，早几年搬进了村里建的五保户保障房里，除了偶尔回来整理菜园，土砖老房子基本空着。中山板家搬到了镇上，老屋大门常年紧闭。村里不少人在城里、镇上买了新房，年轻人外出读书、打工，越来越多的人走出璜塘湾。

金灿灿的果实摆在路边无人采摘，杂树野草自然生长更快。

我往下璜塘的方向走，小径已经快被野草掩没。

经过叔公的房子遗址，叔公过世后，他住过的土砖房已经被夷为平地，曾经的晒谷坪，现在是荒草萋萋；远远看到罗三叫的老房子，也不见了踪迹，罗三叫搬进镇上统一建设的安置区后，他的老房子，也被复垦成了水田。

我有时想，年轻人很早就离开璜塘湾，融入城市，大概率不会再回来；待到现在的老人们相继老去，回来探亲的年轻人也会越来越少，村里越来越冷清是必然的。冬茅、狗尾草、毛刺、糖荆丫等野生植物会更快地占领乡间小路，橘子、桃子、柚子、板栗等各种果树和其他植物一样都将更自由地生长，成为寻常的不为人关注的风景。

那种望着野果垂涎欲滴的童年记忆，应该是永远地远去了。

这样，很好呀。

果然很好呀。

第二辑 旧事·

红薯永远清香

"你就是只煨红薯。"

这句话在璜塘湾，必定会引来一番争吵，因为对方立即会回敬："你才是煨红薯，你一家人都是煨红薯。"

这一般是小孩子之间的对骂。

火堆里煨熟的红薯的确黑乎乎、脏兮兮、土不拉几，河对面一个五短身材、长相丑陋的男人就被人叫做"煨红薯"，每一个孩子都不希望加入此列。

但真正的煨红薯，除了形象不佳，其实，味道还是不错的。

璜塘湾的家家户户都有一个柴火大灶，靠墙的一角是柴堆，柴堆下面，往往临时存放着红薯。

生火的时候，往灶膛里顺便丢几个红薯进去，用火钳扒拉一些柴灰将红薯掩埋起来。待到饭菜熟，红薯也熟了，从火堆里将之扒拉出来，吹吹灰，剥开皮，就可见到香甜软糯的热乎薯肉了。

更多的时候，妈妈会在午间烧完菜后，往灶膛的余烬里埋几个红薯。放学回家饿极的我们，总是四处寻找食物，这时灰堆里熟透的尚有余温的煨红薯，就是世间最美的味道。

红薯是最随处可见的食材，也是一段时间里最主要的食材。

几乎每户人家都是锅里蒸着红薯，坪里晒着红薯，餐餐桌上都有红薯。

大路上扛着锄头的庄稼汉，也一边走一边啃着生红薯。

冬天里，很多人家还会制红薯粉，有的人家甚至还酿红薯酒。

食物短缺的年代，红薯照料了许多饥饿的胃。

为了解决食物单调的问题，妈妈还发明了氽汤红薯。

所谓氽汤红薯，实际是把红薯当菜来食用。

锅里放油盐，尖红椒，加水烧开，再放入切成小片的红薯，待煮熟后，撒上蒜叶。

另有一番特别香辣的风味。

红薯极贱，但在传入中国前，却是十分金贵之物，原产国都将之视为宝贝，禁止外传。据说明朝万历年间，陈振龙冒着生命危险，将红薯从菲律宾带回福建老家栽种成功，自此红薯在全国遍地开花。

红薯生命力极强，不像稻米一样对土地和水肥要求极高，随便把它插哪，一截小藤即可长出新生命，并繁衍出一个家族，像极了吃苦耐劳的璜塘湾人。

春天的时候，下雨的天气，父亲会把红薯藤割回来，我们一家人坐在堂屋里，将红薯藤按照每个结节一根的规格，剪成若干新枝，再分插进土里。

红薯藤渗出的白色的浆沾在手上，很快会成黑色的印迹，很难洗去。

这让爱美的我们有点不爽，但我们会找到新的乐子，折抵美丽的损失。比如，将茎秆折成珠帘状，挂在胸前，或是戴在耳上，这样，就有了天然的绿色项链和耳环。

姐妹几个摇头晃脑，心里响起的背景音是古装剧里的环佩叮当。

剪成一节一节的藤，在雨天插进地里后，不必再浇水，过几天，就会长出根系。接下来的几月里，不需杀虫，不需施肥，只要雨水阳光充足，它们就蹭蹭蹭地使劲生长，很快是一片茂盛的绿色。

这些藤叶，是猪牛极爱的食物。

小孩子被分配去野外杀牛草、割猪草时，有时也会玩花样。

特别是男娃，他们经常躲在田埂避风处玩"四角板"游戏或是打扑克，临到要回家了，就在附近谁家的红薯地里偷偷割一些藤叶，压在背篓底部，面上再盖一些草，掩人耳目。

这样的事，在小小的璜塘湾，根本藏不住，所以，不要很久，就可以听到谁家的娃被打得鬼哭狼嚎。

夏末，父亲把红薯藤先收割，晾在阶基的房梁上，任它枯干成灰褐的模样，这将是冬天里的猪饲料。

当时的我从未想过，以后有一天，这样的饲料居然会被当成山珍端上餐桌。

我现在喜欢的一道菜叫"插红薯叶煮鱼"，没错，此"插红薯叶"就是以前猪最主要的食物。

想到人类居然有一天会从它们的口里争食，这些猪们心里一定充满了深深的惆怅吧。

地里的红薯，则只要赶在霜冻之前，挖回来就行。

挖红薯是技术活。

某位哲人说，会挖红薯的人，是啥事都能做好的人。

锄头下去，既要保证不挖破红薯，又要能将整蔸根系复杂的红薯一起盘出来。

这里体现的是几个方面：一、判断力，知道哪里下手比较好；二、分寸感，力度该重或轻，都在掌握间；三、精致度，整蔸出来，没有遗漏和破损，宛如一件艺术品。

工作是最好的修行。

看来，修行最好的工作是去地里挖红薯啊，真正到了能挖出艺术品的程度，估计什么脾气都没有了。

姐姐是一名技术高超的理发师。

如果小时候让她去挖红薯，她也一定能挖出艺术品。

"别跟我说红薯，永远也别跟我说红薯"，姐姐看我一直在念叨红薯，立即打断，"你是书读多了，我这辈子都不想听到红薯二字。"

姐姐只比我大两岁，因为是老大的缘故，她自动荣升到家长序列，很小就知悉和体味了人间的艰难。

比如，我会记得红薯的甜软，而姐姐却只记得红薯米的苦涩。

秋天，家家户户都是大垛大垛的红薯，没法全部贮存，一般都会选一部分制成红薯米。

将红薯洗净后，爸妈将之在剁桶里剁碎，再在太阳下晒干，这就成了"红薯米"。粮食不够的时候，将"红薯米"放在大米上蒸熟，混杂在一起吃，境况更差的时候，有时整锅全部是"红薯米"，以此来充饥。

红薯作为杂粮是宝贝，但如果当主食，则会吃得人反胃。特别是红薯米，如果晾晒时碰上天气不好，没有干透，待到食用时，就会有股无以言说的霉腐的味道。

姐姐是老大，是家长之一，所以，她就主动和父母一起食用红薯米，而把米饭留给我们几个小的。

后来有几回聊到这些，她都说："哎呀，我估计这辈子都不想再吃红薯了。"

现在，我从灶膛红彤彤的炉火里，扒拉出一只煨熟的红薯，小心地掰开，香气扑鼻而来。

姐姐，你闻闻，是不是可以感觉到香甜的味道了呢？

魔性食物

老屋后边的菜园，曾有一棵桃树。

桃树年年开出艳丽的花朵，但结的果子很细小，我们称之为"毛桃"。

桃子正常上市的春末夏初，屋后的毛桃还很青涩，咬一口，差不多可以把牙齿酸掉，所以，我们从不用担心这桃子被人惦记偷摘，事实上，即使白送，别人也不会愿意要。

这些果子就这样被人遗忘，寂寞地生长，缓慢地成熟。

一直到"双抢"期间，某天顺手摘一个，哎呀，这毛桃，个头虽然仍是很小，果肉虽然仍是很薄，但是咬起来竟然有脆爽的酸甜。

真是暑天里难得的美味啊。

妈妈把洗净的毛桃放在竹筲箕里招待客人，往往都要迎来一阵赞叹："想不到毛桃子也可以这样好吃啊。"

如果妈妈当时熟谙鸡汤文的套路，应该这样回答："是啊，所有的果实，只要在属于它的季节里采摘，都是世间的美味。"

但妈妈显然不懂鸡汤文，她只会哈哈笑着："是喽，他们总说要把这树砍掉，现在看来，毛桃子也不错啊。"

桃树旁边的一块地，年年长出一种植物，枝叶似张开的伞，茎秆如笔直竖起的蛇，地下的块茎叫魔芋。

此物也不怕贼惦记。

姓魔，据说全身有毒，不可轻易近之，唯块茎特殊处理后，才可成为盘中食物。

每到腊月，作为迎接过年的仪式之一，老爸开始打制魔芋。

首先要把黑灰状的魔芋疙瘩洗净，这是一个费力的活，需要用刷子一个一个慢慢刷才能洗干净。我们被分配干这个活时，往往一边刷一边吐槽，不知家里为什么要种这么难洗又难吃的东西。

待洗净后，老爸就在木盆里架起一个带齿的铝刷，然后他蹲坐盆边，将魔芋疙瘩放在铝刷上来回摩擦，一点一点磨成碎泥。

这个活计从没有分配给我们，据他说，打磨的过程中，手很麻，不适合小孩操作。

接下来，老爸会把适量的石灰水和魔芋泥搅拌在一起，然后放灶上大火煮透，冷却后，切块成砣，就可随时备用下锅做菜了。

适量二字应该是最具艺术性的中国文化。

比如，石灰水的配制，是一个什么样的比例？放多少石灰多少水为宜？此外，石灰水与魔芋泥的搅拌又是一个什么样的比例为最佳？

老爸是"差不多"生活艺术家，整个过程中，他都是大厨一样凭感觉放调料。

大厨可以通过试菜来确定调料的增减，但魔芋制作过程中显然不可能有品尝调整的环节。所以，"差不多"先生制作的魔芋，有时会成功，有时则会失败。

但他从不承认失败。

当我们提意见："今天的魔芋有些麻舌头啊。"

他会立即反驳："是吗？我一点也不觉得麻啊。"

这时，他还会特意大吃几口，表现出一副很享受美味的样子，并不忘争取支持者："乂老倌，你尝尝看，哪里有麻味？"

乂老倌是我们的邻居，他来串门时，我们正在吃饭。

他当然不肯尝，站在门口，嘿嘿笑着："魔芋子本来就麻舌头啊。"

什么话？如果魔芋子本来就麻舌头，我们为什么要吃这种奇怪的食物？

真不知道他这是站在哪边说话。

但他显然说的是胡话。

我到黄材的高中读书时，食堂餐桌上的老三样里，其中一样就是魔芋。

关键是，这里的魔芋一点也不麻舌头。

事实上，黄材魔芋还是有名的特产。

餐桌老三样，除了魔芋，另外分别是胡萝卜和豆腐。

天天吃，年年吃，以至于好多同学毕业后听到魔芋、胡萝卜、豆腐就想吐。

那时不明白学校为什么天天上这三样菜，我后来才理解学校的苦心。因为这三样食物有几个共同点：一是营养丰富；二是安全系数高，不存在食物中毒的问题；三是清洗加工容易，比如魔芋和豆腐，根本不需要清洗；四是价格便宜。

关于魔芋的美味和独特，我到最近几年才慢慢觉知出来。

魔芋热量低，纤维含量高，是排毒通便的极佳食物，自古就有"去肠砂"之称，同时，魔芋有降脂降糖、抗癌防癌的显著功效，很符合现代人的健康理念需求。

小芳同学和我住一个院子，她每次回老家沙田，必定会在经过黄材时带魔芋回来，然后，必定要分一部分给我。

与其他菜市场的魔芋相比，黄材的手工魔芋要略为粗糙一些，而这正是它的特点，吃起来更有嚼劲，味道更纯正。

风靡夏天的口味虾里，最佳的锅底非黄材魔芋莫属。

多年前我们在黄材高中的食堂里埋怨魔芋时，不会想到，有一天，我们会对之心心念念。

就像老屋后面的毛桃，要到另外的季节里，才能觉出它不一般的美味。

·璜塘湾

夜晚亮了

有天,村里老老少少都集中在七师傅家的晒谷坪里开会。

我当时大约四五岁,或许更小,也跟着去了,挤在人堆里,仰起头来看,不知道大家叽叽喳喳在讨论什么。

但记住了一个字,璜塘湾将马上有一个神奇的东西——电。

"一根绳子一拉,整个屋子里都亮了。"

"每个房间都有一根绳子,只要一拉,每间房子都是通亮的。"

回家我和姐姐分享,怎么样也想不明白,这到底是个什么东西。

其实邻近的胡家湾、鸭公山一年前已经通电了,再往下的镇上通电时间更早,只是还没出过"远门"的我和姐姐没有亲身感受而已。

璜塘湾处在横市与铁冲交界地带,像是悬在海外的孤岛,上面的政策春风,总是要慢几拍才能吹拂到这里。

黑夜是我们不喜欢的,家里只有一盏镜灯,一家老小晚上的活动都靠这如豆的光。

它是家里的宝贝。

为了侍候它,我们经常被吩咐去五所、石桥的代销店里买煤油,经常会被安排搓灯芯、挑灯花。

晚上,如果谁要提灯去干别的活计,房子里的其他人就只能静坐打黑讲①。

所以,能在白天完成的任务,我们尽量不拖到晚上。

每天傍晚,妈妈都会催我们几姐妹赶在天黑前做好洗漱工作,待到晚上,

---

① 打黑讲:璜塘湾方言,指人们在没有灯光的黑暗处聊天说话。

她就像赶鸡鸭进窝一样早早地把我们赶进被窝。

黑乎乎的晚上,能省点灯就省点灯吧。

我们有时也会睡得很晚。

坐在火堆边听大伯讲故事,听得入了迷,怎么也不肯爬到床上去。

璜塘湾最会讲故事的人是大伯。

他看了很多书,又常年在外找副业,走南闯北,见识很多,肚里尽是段子和故事。

薛刚、刘伯温、程咬金、尉迟恭、曹操、关羽、陶澍等,这些名字我都是从大伯的故事里熟知的。

每到冬天,外面的活基本干完了,这个时候,他就回到了璜塘湾。

我家灶屋的火堆也开始热闹了。

男男女女老老少少,围在火堆边,嘻嘻哈哈,谈笑取乐。

大伯身材高大,笑声爽朗,讲起故事来声情并茂,听众如醉如痴,坐在火边不肯起身。

有时我们是被吓得不敢起身。

比如他讲孙二娘杀了人做人肉包子,小小的我,坐在旁边,紧缩成一团,真正感觉到肉被生剐的疼痛。

尤其是他讲鬼故事时,更让人不能动弹。

那些鬼故事的素材,信手拈来,经他加工,变成了璜塘湾附近的故事,地名、人名大家都熟识,绘声绘色,由于太过"真实",因此更加恐怖。

为了节约,灶屋里没有点镜灯,只有柴火的光影影绰绰,一屋人屏声息气,听得战战兢兢,此时随便一点意外的声响,都能让人连连惊叫。

这个时候,大伯就会开心地爽朗大笑,烧火的赶紧加一块大柴,房子里明亮了许多,大伙也舒了一口气。

这天晚上大家在热烈地讨论电。

大伯说,电是很神奇的,不仅只是拉一下房间就亮了,城里还有电视机、电车、电话。

电视机就是半个碗柜门大小的盒子,可以从里面看戏,一天到晚都有,想看啥就看啥。

朝氏粒说:"我就搞不懂,人怎么能钻到盒子里唱戏。"

大家就笑他:"演员都是你这身高,就能钻到盒子里唱戏。"

朝氏粒是不高,不过,我觉得,他也不能钻进盒子里唱戏,这些大人都是胡说。

不过,很快,我们就见到了人怎么在盒子里唱戏。

大坟山开商店的德师傅家里买了一台黑白电视机,附近的老老少少、男男女女天天晚上准时去他家看电视。

电视机放在德师傅卧房里的梳妆台上,正对着他和堂客的大床。

虽然卧房是私密的地方,但是乡里人管不了这些,照旧大模大样地守在电视机前。

有时很晚了,德师傅和堂客在床上已经睡着,看电视的人却毫不介意,一直守到电视机出现"谢谢观赏"四个字,才依依不舍地离开这鼾声如雷的"电视室"。

后来,家家户户有了电视机,晚上串门闲谈的人少多了,都窝在自家屋里看电视。

电是一把利刃,刺破了璜塘湾几千年来沉闷的黑夜。

电视机则是魔盒,将村里人的注意力全部吸了过去。

再也没有人围着火炉听故事了。

甚至,连电视机也很快被村里人抛弃了。

过年回家,很久不见面的人围坐在一起烤火,但也会握着手机,一边点击手机屏一边聊天。

每一块手机屏里面,都有无数会讲故事的"大伯",有会讲无数故事的"大伯",有会用无数种方式讲故事的"大伯"。

读屏时代全面来临,信息化比我们想象的更快更迅猛地进入生活的方方面面。

或许,"屏"这个实物,也可能比我们想象的更快被抛弃。

但"故事"的讲述不会断绝,"故事"的温度和热度永远都会在,只是我们讲述、改编、接收、吸纳、消化、分享"故事"的能力会以前所未有的速度更新迭代。

前面永远有无尽的惊喜在随时展示。

我有时想,生在这个科学高度发达的时代,能够见证各种奇迹的发生,真是何其有幸。

第二辑 旧事·

洗去毛虫毒

六月六，洗去毛虫毒。

大人念叨这句话的时候，我和妹妹的理解就是要好好洗个澡了，于是一溜烟往上璜塘跑去，远远就听到欢笑声、打闹声传来。

黄材渠道的水从渠底涵洞出来后，冰澈入骨，流经万山猫公家、我家和中山板家后，直接进入上璜塘。

承接这源源活水的上璜塘，是一口猪腰子形的水塘，夏天里碧波轻漾，涟漪层生。

东岸叔公家门前种了一排垂柳，柳丝在水面迎风轻拂。

西北岸劲皮蛋家的丝瓜棚朝水面搭出一个斜屋面的式样，开满了黄色的花，大大小小的丝瓜悬挂在水面，像过年时的灯笼。

西南岸元满鸡婆家的井台靠着塘边，井台上种了月季和美人蕉，分别盛开着粉红和大红色的花朵。

南岸的塘基一侧是大片开阔的稻田，游泳的小伙伴主要聚集在这一块下水。

我俩跑到塘边时，看到水里已经有不少脑袋在拱来拱去。

有几个男孩子在比赛跳水，他们从岸上直接跳进水里，一个猛子扎下去，隔了许久，脑袋在另一处冒出来。

他们比的是看谁在水里闷气游得更远。

我和妹妹顺着塘基慢慢滑到水里。

·璜塘湾

虽然是酷夏,但水还是凉,我们开始自创的准备动作:把水在胸口拍拍,再在背部拍拍,几个关键部位适应水温后,再一下子探进水里。

伸开双臂划开,人就浮在水里了,我们像鱼一样向水塘中间划去。

水塘里人很多,璜塘湾的小伙伴,无论男男女女,都在这里泡着、打闹,除了互相泼水,再就是用双腿打泡湫溅水,看谁溅起的水花最大最高。

扎猛子的时候,有调皮的会故意往人多的地方去捣蛋,水里面到处是腿,于是,水塘里不时传出惊叫声和哄笑声。

除了打闹,我们也会干点正事。

比如,在水底捞螺蛳。

这些螺蛳一般傍着浅水处的石子生长,随手一捞就有一把。

水性好的会一个猛子扎到水塘中央,去塘底捞硕大的蚌壳。

紫苏田螺、辣椒蚌肉,都是夏天的美味。

璜塘湾的女孩子自小都和男孩子一起在水里玩,几乎都识水性。

长大后遇到可以游泳的场合,很多女生都说不会游泳,反倒是没有运动细胞的我游得极欢。于是有人好奇,胖胖的我是怎么学会游泳的。

我一般回答:"脂肪多啊,比重小,浮力大嘛。"

"切,有些比你胖得多的,扔到水里就是一块重磅石头。"

我再回答:"天赋神力也。"

对方又"切"。

好吧,如果非要回答,只能是,在水里泡久了,熟识了水性,人自然就可以浮起来了。

只不过,我会的都是狗刨式、踩水、仰泳之类,泳姿实在谈不上有美感。

但在上璜塘仰泳真是一件美妙的事。

准确地讲,这不叫仰泳,应该叫睡在水面。

是的,游累了之后,我就懒懒地伸开四肢仰躺在水面,一动不动,随水波漂浮,一眼望去天光云影,小伙伴的声音透过水波一荡一荡传进耳里,遥远又飘忽。

相比黄材渠道里的"浪里白条",在上璜塘打泡湫的娃娃们就都是菜鸟了。

黄材渠道一湾盈盈碧水，看上去平缓温柔，事实上水深有七八米，水下湍急得很，只有水性好的成年人才可以去里面游。

璜塘湾往姜家湾方向必须过一张水泥平桥，那是真正跳水的好地方。

经常，璜塘湾的大男娃们在桥上排成一排，然后齐刷刷扎进水里，水面不起一丝波澜，借助流水的力量，他们在水底可以潜游很远。

往璜塘湾给水的涵洞位于桥边的渠道底部，口子是一个直径二十多公分的圆洞，由于没有滤网之类的措施，涵洞经常被水底的杂草杂物堵塞了。

农田用水都从这儿来，涵洞必须及时打通，而唯一的办法是安排人潜到水底掏出杂草杂物。

这就是水性好的青年哥哥大显身手的时候了。

村民们站在渠边围观，准备下水的哥哥赤着上身，在众人眼巴巴的目光里沿着渠壁的台阶一步一步往水里走。

没有任何辅助措施，既没护目镜，也没绳索之类的救援设备，一切全靠自己。

如果是春天，水极冰凉，下水的哥哥还得仰喝一大口白酒方可下去。

正常情况下，有经验的哥哥下去就能很快把涵洞掏空，顺利完成任务。

有时候，下去的哥哥被水底急流冲击，找不准位置，半天摸不到涵洞，待浮上水面一看，已经冲到离涵洞三五米开外了。

有时候，涵洞里的杂草杂物裹着石头等硬物，卡进了涵洞深处，用手根本无法掏出来，还需制作工具，再潜下去。

我那时想，为什么不利用枯水季在涵洞口装一个滤网呢？也许是过滤设施坏了一直没人修？总之在儿时的印象里，潜水下去掏涵洞是经常的事，这让我很困惑。

后面几年，听说涵洞堵塞明显少了，应该是装上了过滤设施吧。

在渠道边观摩了高手的水中表演后，我们这些菜鸟还是乖乖地回到上璜塘打泡湫，老老实实练基本功。

上璜塘给我们嬉水的自由，又给我们足够的安全感，我们知道三四米的

璜塘湾

最深处在哪里。

没有护目镜，我们在水里也可以睁开眼，知道水底的一切情况。

在水里，我们就幻化成鱼，自由来去。

打完泡湫回家，妈妈照例要求我们用热水再洗一次，她认为生水洗头会长虱子。

六月六洗毛虫毒这一天，妈妈还会特意用艾味、菖蒲等煮出的水，把我们全身上下仔细洗涮一遍。

妈妈说，这天是个神奇的日子，洗了这艾叶水，我们就能百毒不侵了。

一定是的，我相信，所以我们一个个健康地长到了这么大。

人间的鸡

黄材曾有个沈关漆匠，为人机智，上宁乡流传很多他的传说故事。

比如有次，他去一户人家做手艺，这个女主人十分马虎，屋子里不打扫，乱七八糟，甚至灶台上都有鸡屎。

沈关漆匠抓个机会问女主人："你家喂了几只鸡啊？"

女主人答曰："七只。"

沈关漆匠一拍大腿，很担心的样子："不得了，你家里丢鸡了。"

女主人笑道："不可能吧，我明明刚才都看见了的。"

沈关漆匠说："怎么不可能？你说你家喂了七只鸡，我刚才数了一下，你家灶台上才六堆鸡屎，肯定丢了一只。"

故事可能有渲染夸张的成分，但类似情形在乡里太常见了。

比如你去哪户人家串门，抬脚踩到鸡屎肯定不奇怪。

我有段时间在乡镇工作，经常需要下村。

有个村干部家里也不怎么收拾，柴草就堆在大门口，室内、桌上、床上、地上从未见清爽过，鸡群和鹅群到处自由行走，一派人与动物和谐相处的美好画面。

一次在那吃饭，我刚端碗，一只公鸡昂然走过来，也许是为了表示对我的热情？但见它在我脚边淡定地拉下一大泡热腾腾的黑灰白混合体，又淡定地踱着方步慢慢走开了。

倒是我一时难以平静，胃内翻腾，默默深呼吸一阵，草草离桌。

我在家里讲这些故事，妈妈听了哈哈大笑。

这种故事永远不会发生在她身上。

作为一个讲卫生的乡里堂客，各种排泄物都是她极为反感的事物。

所以，虽然家里也有很多鸡，但都被妈妈限制了活动范围，它们永远没有进入前堂撒野的机会。

老屋后面有一块地，种了几株柚树和橘树，四面有围墙，这就是我家鸡群的生活空间。

它们如果要进入房子，须得越过一米多高的土砖墙，再经过装了半截栅栏的门。

所以，虽然它们天天扑腾扑腾，但从未有一只鸡成功"越狱"过。

米糠拌剩饭、虾壳、鱼内脏……废物适当利用，都是最好的鸡饲料。

妈妈端着饲料走近土砖墙时，公鸡母鸡们就立马围过来。

"咯咯咯"，一只只叫得很欢。

"那只白鸡婆脸都红了，估计要抱窝了，"妈妈瞅着她的这一群天使，发现了异常。

我左看右看，看不出哪个地方红了，况且，鸡的脸蛋本来就是个容易被忽视的区域。

妈妈把白母鸡抓起来，往门前的溪水里按："我说难怪好几天不下蛋了，原来是要抱窝了。"

璜塘湾的土办法，但凡有母鸡发情了，如果不准备增加小鸡，就会用浸冷水的办法让母鸡去掉欲念。

这情形让人想到旧社会里对没按规矩行事的恋人采取的浸猪笼的惩罚手段。

不被允许的情欲，就用冷水冲头的方式来解决，人禽同理。

母鸡的主要使命是下蛋。

对于绝大多数生命短暂的母鸡，抱有恋爱、做母亲的想法，显然是奢侈的事，都逃不了冷水浴的命运。

会下蛋的母鸡便能得到奖赏。

虫子、蚯蚓，包括前面说的虾壳、鱼内脏等营养丰富的食物，都会让下蛋鸡优先享用。

它们显然也知道此事的光荣，每次下完蛋，就会用美声唱法大张旗鼓地报告一下："咯咯咯，我下了一只蛋，咯咯咯，我下了一只蛋。"

小时候过生日，最隆重的庆祝仪式是妈妈单独给自己煮一个蛋。

热乎乎的煮鸡蛋握在手心里，滚过来滚过去舍不得吃。

剥开蛋壳，一点一点地咬，简直是神圣的美味。

长大了妈妈表达感情的方式就升级成了整鸡。

回家，她会宰一只鸡炖着。

我们离开家，她要打发一只鸡让我们带走。

我们过生日，她也总是送来一只鸡。

她守护鸡群的时候，心里有着明确的划算：那只花公鸡要给孙子生日时送去，那只黄花鸡要给大外孙留着，那只白母鸡要给二外孙留着，那只黑母鸡要给三外孙留着……

最近，妈妈甚是操心。

因为，早几晚，有野猫钻进了正老倌家里，咬死了三十七只小鸡。

这事在璜塘湾成了新闻，以前只听说猫吃老鼠，现在居然改吃鸡了，看来猫的生活水平也在逐步提高啊。

妈妈现在喂的鸡，可有两斤多一只了呢。

除了猫，还要担心小偷。

上个月河对面一户人家的二十多只鸡，悄无声息地全被偷走了。

这事让妈妈警惕，对后院低矮的土砖围墙很是不放心。

她加紧了看管，每天黄昏要把鸡窝仔细检查一遍，晚上睡觉也是随时竖起耳朵，稍有动静，她就会立即爬起来，打开灯，制造明显的动静，让可能的小偷或者猫主动离开。

她打了几个电话给我，要我把计划给几个孙子的鸡提前分别送去。

她实在是太担心，万一哪天晚上要是睡过了头，猫把鸡叼走了可咋办呢？

每一只鸡可都是做了计划的，不能有任何闪失啊。

· 璜塘湾

你好，猪先生

宁乡人会喂猪。

曾经，璜塘湾的家家户户，都有一个壮观的猪栏，里面养着千姿百态的猪。

"二满婆，您这些猪长得真好啊。"

我家的猪栏门临着大路，母亲在猪栏忙活时，过路人会凑进来看一看，赞叹一番。

这些猪很有性格，自顾自地在食槽里拱来拱去，对赞美无动于衷。

但母亲特别高兴："是啊，是啊，它们特别会吃，吃了就睡，好养得很呢。"

它们听了也不骄傲，下餐喂食时，照样哼哧哼哧大吃，然后呼噜呼噜大睡。

过路人进屋喝茶时，经常也会赞美："二满婆，您这些女长得真好啊。"

这个时候，二满婆却很谦虚："哪里哪里，很一般呢，带女操心啊。"

二满婆的女呢，心里甜滋滋的，客人走了以后，彼此还要再赞美一番，一点也不淡定。

这些特立独行的猪，只不过是恃宠而骄罢了。

母亲把它们当宝贝。

家里有一口大锅，专门给猪煮潲。

清早起来，母亲必定先把猪潲煮上，再做人吃的早餐。

猪的使命是长肉，饿一点点、掉一丝丝肉都不行，人的使命就多多了，吃饭是可先可后的事，所以，先煮猪潲天经地义。

早几年我在美国待了二十多天，回来和母亲聊到美国人日常蔬菜都是生吃。

"比如生菜、包菜之类，稍微切碎一下，拌点沙拉酱就开吃了。"

母亲听了，对外国人充满了深深的同情："天啊，他们吃得还不如我养的猪。"

母亲煮的猪食很讲究，必须先把红薯藤、白菜等斩得细细的，再将碎米、玉米等一起煮。

家里的剩饭剩菜也由猪处理，但母亲会先把剩菜里的骨头、鱼刺之类拣出来，重新煮一遍后，再喂猪。

偶尔喂点生食，都会特别小心，喂什么，什么时候喂，很有讲究。

如果把猪的肚子吃坏了，那可是件麻烦的事。

这些养尊处优的猪，心安理得地让一家人围着它们忙碌。

比如，在几平方的猪栏里，它们毫无顾忌地随地大小便。

因为它们知道，男主人每天会来打扫。

父亲每天要把猪粪及时清扫出来。

当他穿着长筒雨靴、拿着长长的竹扫帚跨进猪栏时，一些家伙还会故意过来捣蛋。

父亲抡着扫帚敲打几下，它们就吭唧吭唧退到一边，摇着尾巴，享受着男主人的卫生服务。

夏天的时候，父亲一般会用水把猪栏冲洗干净。

猪先生们趴在冰凉干净的水泥地板上，无比舒服地伸展身体。

冬天的时候，父亲就会在猪栏一角放些干净稻草，以便让猪先生趴在稻草堆里安逸地抱团取暖。

家里有几块地，专门种植给猪食用的红薯等物，但远远不够。

所以寻猪草是我们小伙伴一项重要的家务劳动。

看似满地的野菜野草可寻，但实则不易。

田里茂盛的红花草不能割，说是猪吃了会拉肚子。

坡地繁密的扫把菜不能割，说是有苦味。我真是佩服大人啊，连猪不愿吃苦味食物都知道。

路边一种长得很快的开碎花的辣椒草不能割，说是会把猪的肚子爆开。

喂牛用的青草也不能用来喂猪。

总之，最常见、最易找的野草野菜都不行。

如果偷懒混采一些不能用的猪草，回家被大人发现，肯定要挨一顿臭骂。

余下可选的就不多了。

禾秆菜，长在田里沟边，紧贴地面，需要用镰刀一棵一棵铲起来。

油菜地里的灯笼草，也可纳入采摘范围，但是要小心油菜的主人，他们总是觉得小孩会破坏油菜的生长。

剪刀菜的细嫩芽尖，猪先生们好像也不讨厌。

……

寻猪草虽然是一件苦差，但也有很多乐趣。

红花草的紫色小花，我们会编成项链，戴在脖子上。

麦子的茎秆，我们会做成哨子，一边吹一边干活。

嫩嫩的刺生，折下来剥皮后可以直接吃。

三、四月的时候，还有大量酸甜味美的乌泡子，随我们享用。

我们有时在开花的油菜地里躲猫猫，有时干脆躺在干净的田埂上睡一觉。

有年除夕下午，天阴阴的，鞭炮不时响起，璜塘湾的年味已经很浓了。

母亲吩咐我们，每人再去寻一篓猪菜回来。

这与过年的氛围太不搭了，我和妹妹心里是一百个不情愿。

这些猪，怎么可以吃这么多？

"怎么不应该吃这么多？你们的学费、过年的新衣服，都指望这些猪呢。"

母亲扔给我们两只篓子。

过年了，家里卖了两头猪，杀了一头猪。

栏里少了几个伙伴，其他的猪照例吃吃喝喝，安详如一。

它们好像知道这是自己的命运。

我和妹妹背着篓子走向田野深处。

过年了,但我们还是必须寻一篓猪草回家。

我们念叨着过年的好吃好喝,然后又自嘲这只是猪的理想。

我们有时假装羡慕猪的生活。

但我们都知道,我们谁都不想要这样的生活。

想好好爱一只狗

夏天的黄材渠道堤上，放了一部电影《赛虎》。

电影结束，我眼泪汪汪，赛虎太懂事太让人心疼了。

我也好想养一只这样机敏忠诚的狗啊。

养一只小狗是我们姐弟一直的心愿。

但妈妈很讨厌狗，也讨厌猫，以及一切不能产生经济价值的动物。

在她看来，这些动物，除了到处掉毛、带来狗虱猫虱等病菌外，再无其他有用之处。

猫虽然可以捕鼠，但它叫春的时候，声音凄厉，令人闻之惨然，只此一项，所有功劳全部抹杀。

狗虽然可以护家，但是咬人的话，会很麻烦，况且，我们家也没有什么财产需要一条狗来守护。

所以，我们童心满满的请求总是被无情地驳回。

我们喜欢狗，其实也只喜欢电影里温驯可人的小狗，它们要毛茸茸，要憨态可掬，要聪明伶俐，要忠贞不贰。

理想的狗是赛虎、忠犬八哥之类的。

如果是村子里那些窜来窜去、脏兮兮的土狗，还是算了吧。

不要说喜欢，避之还唯恐不及呢。

院子里经常会跑进来脏兮兮的野狗。

它们尾巴低垂，头贴近地面，悄悄地潜行，搜寻可能的食物。妈妈在厨房里忙活时，灶台上的荤腥，一不留神，就可能被它们叼走一块。每每这时，妈妈就会抄起烧火钳，一边追打一边骂："哪里来的野狗子，敢到我家里来偷东西，看我不打死你这家伙。"

她把烧火钳远远地砸过去，当然，毫无悬念，那狗毫发无损地溜之大吉。

虽然没有打中，妈妈还是会站在门口狠狠地咒骂一番，好像那狗真能听懂一样。

第二天清早，发现鸡窝里的鸡被咬死一只，妈妈断定，肯定是那只野狗干的。

父亲哼了一句，只听说过黄鼠狼偷鸡，狗什么时候也偷鸡了？

"肯定是那只野狗，昨天我骂了它，它就来报仇了。"妈妈坚持认为那条狗记仇。

好吧，女人说什么就是什么。

家里虽然不养狗，但这种鸡飞狗跳的剧情在院子里时时上演。

步行去外婆家，有两条捷径，一是经姜家湾的大石冲，一是经凤形山的小石冲，这两条路都要横穿一座山，越往山里走，人烟越稀少。

没有大人带领的时候，我们走在这条路上，提心吊胆，高度警惕，手里拿根棍子，既要防备山路上的蛇，更要防备随时窜出来的狗。

事实上，这两样动物真正来的时候，我们的棍子毫无用处。

一次，姐弟几个走在路上，一条大黑狗从坡上一户人家的晒谷坪里冲出来，朝我们狠命狂吠。更关键的是，不见屋主出来制止。我们心惊胆战，互相鼓劲，说"别怕别怕"，腿肚子却忍不住颤抖，几人夸张地挥舞着手里的武器，互相拥着面对着狗慢慢退行。大约是看我们的架势很足，黑狗只是站在坡上继续狂吠，不再前进。

进入安全地带，确认黑狗没有追上来后，我们才松了一口气，但大冬天的，内衣都湿透了。

回家和妈妈说的时候，她马上说："是呢，养狗有什么好？客人都不敢来家里了。"

虽然如此，我们还是想养狗。

我们可以养温柔的不咬人的好狗啊。

这个愿望一直到多年后我自己有了小孩才实现。

小孩四五岁的时候，提出想养一只小狗。

虽然公寓房子窄小，并不适宜养狗，但我想起自己童年时的遗憾，"己所不欲，勿施于人"，难道也让孩子遗憾吗？于是答应了。

小孩很高兴，立马拉着我到宠物市场，喜滋滋地选了一只虎头虎脑的巴哥犬，同时买回家的还有一大堆狗粮、给狗狗洗澡的盆子、毛巾等。

我们给它取名叫黑皮。

我们以为自己做好了与黑皮相伴人生的准备。

黑皮白天在新家蹦来蹦去，和小孩玩得不亦乐乎。

待到晚上，我们睡后，它就开始叫唤起来。

安抚了几次，仍然无济于事。

它叫了一整夜，我们也就一整夜没法入睡，尤其想到肯定吵到了邻居，更是不安。

好不容易熬到天亮，一家人揉着黑眼圈叹气。

"它一定是嫌弃我们的房子小了，因为小狗想要露天的空间撒野。"

"外婆家有个大院子，肯定适合养狗，我们把黑皮送到外婆那里去吧。"

就这样，没有和妈妈事先商量，我们就径直把黑皮送到了乡下。

妈妈仍旧很不喜欢狗，但当着外孙的面，她不忍拂意，只能勉强收留。

但妈妈终究是与狗没有缘分，不久之后，黑皮就被人偷走了。

小孩伤心了很久。

我也觉得惭愧和内疚。

妈妈不喜欢狗，我非要送过去请她养，这不注定了黑皮的结局吗？

几年之后，房子大了点，孩子养狗的念头又蠢蠢欲动了。

此时正好在朋友圈里看到青竹禅寺纯渡法师的一只金毛下了一窝小崽，甚是可爱，于是我去讨来其中一只，并郑重地给它取名"卷福"。

小时候的卷福真正是憨态可掬，十分逗人喜爱，每天我们一回家，它就摇着尾巴扑上来，脸上写着"想死你了"四个字。

当然它也十分调皮。有次，一直在露台上的它突然消失，我们最后在院子里的一个角落找到了它。可以判断的是，它从四五米高的露台上跳了下去，居然没有受伤。

金毛长得很快，我们的卷福更是如此，几个月后，它就成了一条健壮的大狗，立起来的时候，几乎和我的个头齐平了。

好几回，我差点被它扑倒。

出去遛狗的时候，它也总是极为兴奋，力气很大，在马路上横冲直撞，经常吓到路人，家里的老人、小孩和我，都没法拉住它，所以遛狗的任务，经常要请男主人帮忙。

这事让男主人很是不爽，他本来一直反对养狗，见我和孩子坚持，也就勉强作壁上观，现在这遛狗的艰巨任务居然到了他头上，他不发牢骚才怪。

养狗的事情又变得困惑起来，我和孩子再次认识到，目前，我们仍然没法养好一只狗，只能再次商量把狗狗送往何方。

这次，我们不敢再送去乡里麻烦妈妈了，生怕她一不小心又把狗丢了。思来想去，我只好重新联系纯渡法师，请求把卷福送回青竹禅寺，让它待在合适它的地方。

从此之后，我们不敢再轻易念叨养狗，只能在心里念想。

有时候，我们爱一个事物，只是想当然地爱，却不知道，自己并没有能力真正去爱。

有时候，念想，就让它成为念想吧，这样也挺好。

出　嫁

"一姐嫁，红木箱。

二姐嫁，黑木箱。

三姐嫁，零大光。"

我家三个女孩。

每次唱这歌谣，就会不由自主地类比到自己身上。

建叔更喜欢逗我们："唉哟，立妹子，你姐姐们出嫁的时候都有箱子，你出嫁的时候，会是零大光啊。"

小孩子信以为真。

虽然年纪还小，但总会要嫁人的，嫁妆差别这么大，真是委屈啊，小女孩的嘴巴不由自主地嘟了起来。

妈妈哭笑不得，才多大，就操心嫁妆的事了。

我们当然操心嫁妆，而且，更喜欢研究别人的嫁妆。

哪家嫁女出去，或是哪家讨了媳妇进来，大人们在那议论嫁妆是几台几箱，我们小女孩，则更关注一些有趣的小物件。

每个新媳妇的嫁妆里都有几盆油绿的瑞草，草叶尖上都小心地包了一头剪出穗子的红纸，这些瑞草，最早是用罐头瓶子装着，后来的新媳妇，都用了漂亮的花盆。

新娘床上除了堆得高高的被褥，还有一对大红衣裤的福娃布偶，床单上摆着红枣、花生、桂圆和莲子，这些都寓意新媳妇早生贵子。

出嫁的时候必须有好看的瑞草，这是我们耳濡目染得出的结论。

所以，很小的时候，我们几姐妹就自己在院子里种上瑞草，开始为出嫁做准备。

璜塘湾的姑娘都是这么有心。

月妹子，成妹子，她们是姐姐的玩伴，几个人经常围在一起说悄悄话，包括交流种瑞草的事。

成妹子有两个姐姐已经嫁出去了，对于怎么出嫁这事，她是最有发言权的人。我家的瑞草苗，就是从成妹子家里挖过来的。

璜塘湾的姑娘很多。

老篾匠三个女儿，连婆婆两个女儿，庙菩萨三个女儿，冬婆婆三个女儿，元满鸡婆五个女儿……

都是一窝一窝的漂亮女娃。

璜塘湾的女娃子不愁嫁。

养了女儿的人家，经常得到的恭维是："啊呀呀，您好福气哪，到时有好几个大肘子吃呀。"

蒸肘子是璜塘湾待客最尊贵的食物。

嫁女的时候，男方也必定抬着一大块绑着红绸带的带肘的猪肉来迎亲。

这在别人看来，是养女儿的人家最值得羡慕的时候。

为了风光体面地嫁女，璜塘湾人很早就开始准备嫁妆。

大大小小的木盆木桶要提前制好，搁在楼板上，每年夏天取下来晒晒，刷一次桐油。

水桶、洗脸盆、洗澡盆、洗脚盆，还有女人专用的小盆，这些盆盆桶桶，要管到女孩出嫁后的一生。

当她垂垂老矣，每天晚上洗脚的时候，还可以念叨一下："这盆子，是我娘家给的嫁妆啊。"

姐姐刚过十五岁，妈妈就叮嘱父亲要多种点棉花。

璜塘湾的习俗是，嫁女的时候，棉被要越多越好。

新屋里坡上的一块土，父亲在那连续种了好些年的棉花。

棉花真是奇妙的植物，一生能开两次花，第一次是粉色的花，无比妖娆艳丽，第二次，是这白色的绒花，无比恬静温柔，像极了女人的一生。

夏末秋初的黄昏，我和妹妹总是被安排去新屋里捡棉花。回来后，妈妈将之小心地晒干，送到镇上去籽后，再用蛇皮袋小心地收起来，一年一年积攒在一起。等到姐姐的婚事基本敲定，家里就请来了弹匠，嘭嚓嚓，嘭嚓嚓，在这音乐声中，零散的棉花变成了一张张松软的大棉被。

最后锁线的时候，妈妈会提供红绒线，请弹匠师傅把姐姐的名字和棉被完成的时间标记在棉被上。

女孩结婚的那天，陪同去的娘家人，叫做大亲。

男方要尽一切可能招待好大亲，比如，大亲刚一进门就要端上桂圆煮鸡蛋，要随时上茶上点心，冬天冷的时候要及时备火盆、加木炭，要一对一服务，安排专人打洗脸水、递毛巾……总之，要把大亲当大爷侍候，哪怕大亲是一个小娃娃。

如果有点疏忽，就会被口水"淹死"。

做大亲是乡里最高的礼遇，大人们神乎其神地说过很多当大亲的轶事，认为做大亲比做皇帝过瘾多了。

说得我们小孩子心痒痒的。

幸好我们有姐姐，姐姐出嫁的时候，我们就可以当大亲了，这是我和妹妹最盼望的事。

"据说出嫁的时候，都会要哭一下，你猜姐姐会哭吗？"

我俩从没见姐姐哭过，我们实在想象不出，她出嫁时如果哭，会是什么样子。

姐姐举行婚礼的时候，是在一个冬天，当时我在外地读书，并没能参加这个盼望了多年的大喜事。

寒假回家时，我追着妹妹问，做大亲是什么感觉？

妹妹神采飞扬地描述了很多细节，然后说："真是太好玩了，大人招呼我们小孩都是恭恭敬敬的，你没参加太可惜了。"

我知道她是故意刺激我。

不过，妹妹说，姐姐出嫁时偷偷地哭了，她是红着眼睛出门的。

这个我知道，她说的肯定是实话。

事实上，到姐姐出嫁的时候，农村结婚的仪式与传统相比已经有了很大变化。大亲们不再像旧时候那样住上几天几晚，而是吃一餐饭就回了，男方的招待也简约了很多。嫁妆也不再是老式的几箱几台，而是直接到镇上的店里订制整套的新式家具，当然，也没有了传说中的红木箱。

我出嫁时和妹妹一样是零大光。

家里送我们读书多年，嫁妆早变成了学费。

不过妈妈还是觉得歉疚，以至于我们结婚多年后，她还在制棉被，总是问我们，要棉被吗？要棉被吗？

她好像总想弥补一点什么。

· 璜塘湾

浸水坛

璜塘湾家家户户都有一个浸水坛子。

我家的是一个二轮坛，泥黄色的土陶罐，一直搁在灶屋案板底下。

家里的坛坛罐罐还有其他，诸如辣酱坛，擦辣椒坛，擦白菜坛，豆豉坛……唯独这个浸水坛子，妈妈对它郑重其事。

起浸水坛的时候，最好是在农历的六月六日。

我一直不太明白，为什么这天日子最好。

璜塘湾有"六月六，洗去毛虫毒"的说法，从这个角度延伸，坛子里的菜算是天天在泡澡，所以，这天开始的浸菜坛子更能防止它坏掉？

这天清早，妈妈要赶在太阳没出来，而且别人没去惊动井水之前，先挑一担水回来。取了井水，烧开冷却后，倒入洗净沥干的空坛内，加上从邻居家讨来的老浸菜和老浸水，然后再根据坛的大小依次放入盐、姜、野胡椒叶、紫苏、辣椒和各种蔬菜等。

这样密封一个月左右，才能开始揭坛。

妈妈还有一些规矩，比如，女人每月的几天特殊日子里，不能去揭浸坛，否则会脏了浸水。

即使是平常，偶尔去揭坛子，妈妈也总是无数遍在旁边叮嘱："不要带生水进去，要夹就多夹点，不要老是去揭。"

她还备了一双专门捞浸菜的筷子，搁在碗柜里一个固定的地方，以防我们不小心拿错工具，带进油和生水。

坛子里四季泡着刀豆、藠头、萝卜、辣椒，家里来了客人，女主人的盛情就是打开浸菜坛子，捞一碗老酸菜当茶食。

桥屋里的富满婆特别讲究，她家里纤尘不染，门口装着半截栅栏，平日里门虽然敞着，但要进去，还需主人打开那半截栅栏。

富满婆极爱干净，一般的村民很难被她欢迎进屋。农忙时节村民在附近干活，去她家讨水喝的时候，富满婆总是拿着一个长柄竹勺舀了水，远远地递出来。

她家有一个养了几十年的老浸水坛，宝贝一样供着。

有一次，妈妈在新开丘干农活间隙，去她家喝水，没想到富满婆居然十分热情地请她进屋小坐，这天不仅给她泡了茶，而且还捞了一碟老浸菜招待。

"干活出了汗，吃点浸菜好。"富满婆十分关心她。

这让妈妈很感动，也觉得特别有面子，这是富满婆难得的认可啊！要知道，富满婆很是高傲，璜塘湾没有几个人能入她的法眼。

过了很多年，妈妈还清晰地记得这事："富满婆的浸菜确实做得好，酸中有点甜味，装浸菜的碟子也特别好看。"

末了她又补一句："也是她那样讲究的人，家里又没有小孩子闹，才能养一个几十年的浸水坛。"

妈妈的意思很明显，虽然大人讲究，但是小孩子不听话，浸水坛坏了也是正常的。

比如我家的浸水坛，已经起了白。

家里小孩子多，我们总是背着妈妈随时去揭坛子，而且也没用专筷，揭坛的时候，毛手毛脚，经常把坛沿里的生水带进了坛里……

妈妈和连婆婆唠叨这事的时候，比妈妈有经验的连婆婆给她出了主意："把石头或者烧火钳洗净烧红，在浸水坛里过一下，再放点八角、茴香就好。"

其实这就是最原始的杀菌法。

据说一个最好的老坛子，也要起几回白。一切美好的事物，都来之不易。

之后，妈妈管理浸水坛更为严格，由此也养出了一个有名的好坛。

·璜塘湾

璜塘湾怀孕的女人来家串门，妈妈总是捞一碗老浸菜："酸儿辣女，吃了好，吃了好。"

妈妈有自己的经验，她说怀着三个女儿时，并不想到要吃酸，但到怀弟弟的时候，觉出了明显的不同："除了酸的，吃啥吐啥，整天只想着那个浸菜坛子，一天要去捞好几次。"

冬婆婆也生了三个女儿，和妈妈几乎同时怀的第四胎："她也是一样，天天往我家跑，俩人一起光吃浸菜。"

这种明显的征兆，让她俩断定肚里怀的一定是男孩，虽然计划生育政策一天紧似一天，政府干部到处在"抓"计划外的大肚婆，她俩还是决定无论如何也要将孩子生下来。

冒着风险生下的两个娃，果然真是男孩。

"浸菜坛子功劳大啊，要不是那个坛子，还真不知怎么熬过来。"妈妈很高兴自己有所准备。

我后来在成都生活过一段时间。

到成都的第一眼，就十分惊讶成都人对泡菜坛子（成都人称浸菜为泡菜）的随便。

泡菜是成都人生活中不可缺少的食物，泡菜坛也是家家户户的必备，但他们全然没有璜塘湾人管理坛子的那些规矩，起坛就用自来水，洗了的菜不必要晾干，直接丢进坛里，更奇怪的是，他们主张坛子要多捞，"多捞坛子才活"。

他们随意管理的坛子，反而很有生命力，味道也十分美，尤其泡萝卜皮，让我十分难忘。

因为起坛时用的是生水，初始条件形成了，所以后期管理随意很多。

管理浸菜坛子大约也像养娃，过于精致保护，孩子就容易受伤，适当粗放一点，反而更能经得起摔打吧。

好大一场雪

冬天的某个晚上，整个世界忽然安静。

非同寻常的安静。

前半夜一直零零星星敲打瓦屋顶的雪籽消失了。

老鼠缩进洞里没有啾啾了。

野猫躲进窝里没来屋檐嘣哒了。

父亲平素如雷的鼾声，今晚也没有响起。

总爱表现的公鸡，也没有发出一丝晨啼。

我们几姐妹缩在被窝里，倾听着这无边的万籁俱寂。

漫天大雪，仿佛是个巨大的消音器，把璜塘湾所有的声音都收纳了。

这是一种奇妙的寂静。

没有任何声响，但能感觉到大团大团的棉花雪正倾盆而下，落在屋顶、树梢、田野、池塘……

一层层地覆盖，直至整个世界混沌……

一直要到天色大亮，妈妈拉开那张吱吱呀呀的杉木板厨房门，璜塘湾才开始醒来。

父亲取了一捆干稻草丢进牛栏，大黄牯开始慢腾腾地嚼食。

旁边的几头花猪哼哼唧唧，咀嚼声明显刺激了它们胃液的分泌。

埘里的鸡群开始咯咯细语。

邻居老蔑匠照例在大声呵斥他那还在被窝里的儿子："万山伢子你这畜

牲，还不快点给我起来。"

老蔑匠每天早上都要骂儿子，万山猫公听习惯了，不以为然，所以往往要骂很多次才姗姗起床，倒是我们姐妹，一听老蔑匠开腔，就知道应该起床了。

"哇，好大的雪啊。"

我打开门，惊声尖叫。

璜塘湾完全不是往日的模样。

铺天盖地的白，严严实实的白，无所不及的白。

门前的晒谷坪，成了一块巨大的白色绒毯，让人忍不住想在上面打滚。

路边的竹子，顶着厚厚的雪，深深地弯下腰，横在路中间。

德山猫公缩着脖子挑着一对空水桶走过来，他的耳朵冻得通红，看我和妹妹在路边玩雪："果然不晓得冷，细伢子掉到水里唧得叫。"

他是万山猫公的哥哥，身形已经超过了父亲，这些年老蔑匠不再大声骂他，万一把儿子惹火了，真打起来，自己可是要吃亏的。

璜塘湾唯一的饮水井在河边，德山猫公要去井里挑水，必须先解决竹子横在路中的问题。

他放下水桶，去摇低垂的竹枝，雪坠落许多，竹子减轻负重，抬高了稍许。

这样他就可以从竹下低头穿过去了。

他脚上的长筒黑色雨靴在雪地上留下一排深深的脚印。

上璜塘浮着一层薄冰，但井里的水温要高些，走近还可以看到冒出的丝丝缕缕热气。

冬婆婆、庙老倌堂客几个在井边洗菜。

黄芽白和萝卜是从雪里刨出来的，只有雪里刨出来的白菜才是真甜。

"过几天立春，这萝卜就吃不得了。"

看到德山猫公挑着水桶过来，她们总要调侃一番："赶快讨堂客喽，要赶快找个暖脚的。"

德山猫公嘿嘿地笑："有好妹子没？给我做个介绍噻。"

"你想要哪样的妹子喽?"

"你屋里女那样的就要得。"

然后井边爆发出阵阵笑声。

大人们总是见面就问吃了吗?然后就是念叨赚钱啊,男人啊,女人啊,婆婆媳妇吵架啊,真是太无趣了。

建叔虽然也算大人,但他和我们一起玩,那就不一样了。

他穿两件薄衫,手插在裤兜里,从雪地里晃悠晃悠地走过来。

"永妹子,想抓麻雀不?"

他捻了一个雪团,扔向路边一株落了叶的苦李子树,惊起一群麻雀扑愣愣地飞。

"建叔你又要带我们切鼻子吗?""切鼻子"是璜塘湾语,空手而归的意思。

上一年下雪,建叔带我们抓麻雀,用短棍支起一个圆筛,筛下洒了谷子,短棍系着绳子,虽有雀子确实来吃食,但它们机灵得很,动作飞快,最终一只也没抓住。

"去年是搞起耍,今年来点正经的。"

但是,今年他又让我"切鼻子"了。父亲走过来:"建伢子,你以为自己还小啊,留着那点劲干点正事喽。"

建叔嘿嘿地笑:"还不是想给二哥搞点下酒菜啊。"

父亲呸他一下:"望哒你的下酒菜,我的酒就喝不成了。"

父亲喜欢喝一杯。

他的酒量是外公教的。每次父亲去铁家坡,外公总是要他陪着喝,久而久之,父亲就从滴酒不沾变成酒仙了。

外公家里有一个小小的锡壶,冬天用来温酒。

米酒热到三十度左右,口感最好,喝下去,从胃到肠都是热乎乎的,浑身通泰。

不要问我是怎么知道的。

父亲没有小锡壶,他有自己的办法。

璜塘湾

把谷酒用搪瓷茶杯装着，搁火上烧几分钟，很快就烫热了。

下雪的时候，坐在火炉边，就着热乎乎的饭菜，真是太适合来一杯了。

冬老倌、正老倌、炉蜂子等人，是父亲小时候的玩伴，成家立业后各忙各的，只有下雪，才会稍稍闲下来，踩着积雪，互相串门烤火闲聊。

他们坐在火边抿着谷酒，聊着年成。

炉火映出他们脸上的皱纹，头上的白发。

我靠在火边，偶尔从父亲的杯子里偷喝几口。

灶屋有个小小的木格窗子。

透过木格的窗子看过去，经过一天的融雪，傍晚的璜塘湾，少了一些白，多了一些黑。

天色越黯沉，炉火的光越来越亮。

他们的脸越来越红，声音越来越大。

我又偷喝了一口，偎在火边昏昏沉沉，觉得无比温暖又安全。

第二辑 旧　事·

温暖的冷

南方的雪，属于生命中的美好事物。

美好事物的特征之一就是，不能持久，转瞬即逝。

雪一停下，就会开始融化，行人上路，高一脚低一脚，那些黑的土、灰的泥混杂着雪，不忍卒视，像是大戏散场后的一地狼藉。

雪慢慢融化，晚上气温降低，又会被冻住。

当然，第二天一早我们总会看到惊喜，透明晶莹的冰凌挂在瓦屋檐沟处，长的可达尺余，十分壮观。

万山猫公踩着路上的冰碴，咯吱咯吱地走过来。

冬天里，他的脸永远皱出黑碎的斑块，像没洗干净。

他和我姐姐同一天出生，不过，我姐姐在家里是老大，从小就很懂事，像个大人一样，万山猫公在家里则是老幺，上面有好几个成年的哥哥姐姐罩着，所以，他长大了还是小孩一样。

他俩虽是真正的同龄人，但在童年时代，我姐操持家事，照顾妹妹，不屑于玩小孩子的游戏，万山猫公则一天到晚找人打四角板、抓雀子、捉泥鳅，连吃饭都要他妈妈经常扯起喉咙喊，俩人根本玩不到一块去。

每次万山猫公淘气，老篾匠堂客就忍不住数落："看喽，人家红妹子，和你一样大，她要做好多事，你就不晓得学点样啊。"

这样，俩人更没法玩到一起去了。

大约直到成年后分别结婚生娃，成熟度基本接近，他们才有"共同语言",认可了同龄人的事实。

比如这天,姐姐一早收拾得精精致致,步行去铁冲街上的师傅那里开始一天的学徒生活了。

万山猫公呢,则在我家的晒谷坪里,举着竹篙,蹦上蹦下,一门心思想把屋檐的冰凌敲下来。

他的目标是那根最长的冰凌,看上去像是十分锋利的"冰锥",可以用来做武器。

很不幸的是,"冰锥"敲下来时,掉到地上,锋利的尖刃摔断了。

这也没有关系,至少,还可以吃嘛,他把冰凌捡起来,放在嘴里,咬得嘎嘣嘎嘣地响,让人以为这是世上最好的美味。

璜塘湾的小孩都这么吃冰块。

樟树叶上的冰块是椭圆的,竹叶上的冰块是修长的,白菜叶上的冰块是大块的,虽然形状不一,味道都一样——无味。

美好的生活需要自己来创造。

在提升冰块品质的路上,我们一直在努力。

晚上,我和妹妹融一碗糖水,放在室外,没错,这就是甜冰块了。

如果事先插一根棍子,结冻后,就成了甜冰棍了。

我们一边啃着"冰棍",一边滑冰,所谓滑冰就是穿着磨光了底的胶鞋在光滑的路段从高处往低处哧溜,经常摔得屁股生痛生痛。

或者就是打雪仗,互相恶作剧,抓了雪往别人的后颈窝里塞。

于是,鞋是湿的,衣是湿的。

真的很冷啊。

尤其大人看着冷。

新婆婆手里捏根棍子,不声不响地走过来,猛地朝劲皮蛋一抽,骂道:"看你不晓得冷,我看你不晓得冷。"

劲皮蛋抱头鼠窜回去了,万山猫公看情形不对,也悄悄开溜回家,很快,我们就听到了老篾匠堂客同样的骂声。

新婆婆和我妈倾诉:"昨天一身湿衣服,我给他烤了一夜,今天又一身湿衣服，手脚都冻烂了，就是不晓得冷一样。"

我妈深表理解："是的呢，我屋里一样，都不想事，每天晚上，他们都只晓得睡，我就要一个个把他们的鞋子放在炉子烤，我不搞就没人搞，早上就只能穿湿鞋子。"

两个女人聊得不亦乐乎，因为感同身受而使友谊更为贴近。

劲皮蛋的手脚长了严重的冻疮，万山猫公的手脚也肿得跟包子一样，我的脚也长了冻疮，晚上睡在被窝里时，因为发热，冻疮处奇痒无比……

冻疮是每个小孩冬天的礼物。

金山小学的教室是高高的瓦屋顶，窗户没有玻璃，到了冬天，学校会糊上塑料纸挡风，但塑料纸经常被调皮的学生娃戳破。所以，只要北风一吹，寒气就径直往教室里灌。

大家都穿得单薄，即使最好的胶鞋，也是薄底，冻是一件不能抗拒的事。

上课时，大家在座位上不停地悄悄跺脚，写字时，手指因为冻僵总是握不住笔。

还有的同学冻出长长的鼻涕，又不及时清理……哎，场景不忍回首。

大家尖着耳朵等下课铃。

铃声刚响一下，"嚯"，呼啦啦全部奔出了教室，迫不及待地开始游戏取暖。

比如，"挤油"。

两支队伍迎面相对，靠着墙，每个人使劲往前面挤，如果挤出了队伍，自动接到队尾加入，如此循环即可。

这个游戏简单，人人均可参与，关键是在这拥挤之中，笑啊，闹啊，身体发热，就不会感觉冷了。

所以，一到下课，每间教室门口都有一支欢笑着"挤油"的队伍。

老师们甚至站在旁边看，一样哈哈大乐。

学校不提供午餐。

我们都需自己回家吃午饭。

璜塘湾离学校最远。

·璜塘湾

步行半小时回家，一路上打打闹闹，滑雪打雪仗，回家照例被大人骂。

换了鞋袜，吃过午饭，大家又成群结队嘻嘻哈哈往学校走，一路上依旧滑雪打雪仗，然后穿着潮湿冰冷的鞋袜在北风劲吹的教室里熬一下午。

想想应该很冷，真的很冷。

但是，很奇怪哎，此刻，虽然我在写冰冷的往事，却只感觉到柔软的温暖。

"冷"去哪里了？

第二辑 旧 事·

干 塘

干塘是一件大事,需劳师动众,形成合力。

据大人说,搞集体农业的时候,年年会干一次塘,反正人多好办事。

干塘、分鱼、挖塘泥、撒石灰消毒等,那是每年的常规工作。

后来,分田到户,各家干各家的,干塘这样的大事,就难得见到了。

我小时候的印象里仅仅观摩过一次干塘。

有一年春节刚过,父亲在村里开会后,回家告诉我们,他承包了上璜塘。这让我们全家人非常惊讶。

因为我们家骨干劳力少,应付自家的农活就已够呛,更重要的原因是,我家离塘相对较远,日常管理比较困难。

上璜塘的水面有三四亩,呈猪腰子形状。腰子中部两侧紧邻水边的分别是新老倌家和元满鸡婆家,一头紧邻水边的是叔公家。

他们三家都没有承包,我家为啥要承包?

大约是前面几年承包的效果都不理想,所以这一年,村里没有什么人愿意承包了。父亲的想法是,反正一塘水总在那,鱼总会在那长,能长多少就长多少吧。

所以,这一年,我家实行的是"佛系"养鱼法。

年初放了鱼苗进去,年中,除了父亲时不时割点鱼草丢进去,就没人怎么看管过。

到农历九月底,黄材渠道的水退了,上璜塘没有了水源,水面日渐消瘦下去，到年底的时候，就只有半塘水了。

这个时候，临近过年，正是干塘的好时候。

从一大清早开始，吱嘎吱嘎的声音就从塘边传了出来，这是璜塘湾仅剩的一台老式水车已经开始了工作。几个堂叔，还有村里的青壮年，两人一组在轮流踩水车。

水车真是一个迷人的农具。

两人伏在水车栏杆上，像大步行走一样合力踩着轴上的踏板，轴带动水车叶片转动，水车叶片则带着水从低处往高处汩汩流动。

父亲曾经给我们猜过一个谜语，"日行千里，原地不动"。见过踩水车的人应该都知道谜底。

不过，如果这个谜语给现在的小朋友猜，估计他们都会说是"跑步机上的人"。

踩水车很辛苦，有"磨断轴心，车断脚筋"的说法，所以，不时会要换人轮岗。

水车上的人大汗淋漓，旁边看热闹的也很来劲。

塘边围满了人，有的在细细观察水位的变化，有的在互相斗嘴和取笑，有的则稳稳地守住出水口——伴随水车叶片翻出池塘的水，不时会带出鱼虾，这可是意外的收获。

吱嘎吱嘎的声音一般要持续半天，到中午，上璜塘的水已经集中在塘中心的小块区域，水位不足腰深，可以看到鱼在那块小小的水面十分活跃，这时，父亲和几个男性村民分别穿上长皮裤，进入水中捕捞。

这个时候用捞网捞鱼，真是十分过瘾，鱼已是瓮中之鳖，一捞网下去，总是能满满的上来。

如果能捞到稍大的青鱼之类，水中的人总要大叫炫耀，岸上的人同样欢呼不已，仿佛亲身体验了抓鱼的乐趣。

万山猫公、劲皮蛋等男娃不顾大人责骂，脱掉鞋袜，赤脚到塘底去抓鱼虾蚌壳，弄得一身泥水。

我看着都觉得冷，但他俩好像不觉得，嘴唇冻得乌紫仍嘿嘿直乐。

如此捕捞法，当然是把塘底清干。

干完塘后，家家户户都能分到鱼，作为承包主的我家，会要多一些。另有不同的收获是，分完剩下的几大盆小鱼小虾都归我家，大约这是"佛系"养鱼法最大的收成。

所有的小鱼小虾也要清理，这是适合小孩干的活，我们几姐妹要在阶基上坐半天，才能把这些活干完，然后交由妈妈去熏制。

接下来好多天，家里都弥漫着浓烈的鱼腥味。

父亲和璜塘湾的其他男性村民，还会要抽空去上璜塘，把塘底的淤泥挑到自家农田或是菜地里，据说这是最好的农肥。

挖了塘泥的上璜塘，豁着灰褐的大嘴，像缺了牙的老人，这样一直要维持到开春以后，黄材渠道开始放水，上璜塘才会恢复曼妙与灵气。

干塘这样的事，动静实在太大，除了有清理塘泥这样的所需，一般情况，过年的时候，仅仅只会进行围鱼。

村里人喜欢看热闹，围鱼虽然不需要很多劳力，但大家也要围着看。

围网从塘边下水，然后沿两边塘基同时行进，拉网的人在前边走，看热闹的人在后边跟。到了对岸，拉网的人很淡定，慢慢地收网，看热闹的反而更激动，"快点快点，那条大鱼快跑了"。

真是操心啊。

我很多年没有见过干塘的场景了。

上璜塘因修洛湛铁路，已经不复存在。

下璜塘是过水塘，很多年没有专人管理和养鱼。

我上次回去，走到下璜塘，站在岸边都能清晰地看到水下淤泥很厚很厚，说明这口塘已经很多年没有清过塘底了。

嘎吱嘎吱的水车声，更是十分遥远了。

杀年猪

清早，妈妈在柴火灶上烧着一大锅水，沸水滚开，灶屋里雾气氤氲。

栏里的几头猪，来来回回地哼哼唧唧，女主人今天没有按正常时点来喂食，男主人没有按正常时点来打扫猪栏，并且，还远远地传来了德师傅的咳嗽声。

它们感觉到了某种不安，愈发在栏里骚动起来。

德师傅圆圆胖胖，手里提着一个油乎乎的竹篮，从渠道堤上缓步走下来。他在渠道堤上的桥头建了一间小土砖房，开了一家便利店，顺便杀猪卖肉。

他的竹篮里装着明晃晃的刀具，有长长的尖刀，厚重的砍刀，小巧的分割刀，等等。

这些刀具无形中给了德师傅某种震慑力量，他刚一进门，妈妈立即递上了热乎乎的姜茶，殷勤周到，毕恭毕敬。

邻居中山板、德山猫公、朝氏粒几个也已早早过来，等着当助手。

德师傅慢悠悠喝完茶，看了一下妈妈烧开的一大锅水，检查了一下父亲在晒谷坪里支起的两张椿凳，又把椿凳旁边的一个大木盆挪了一下位置，然后从竹篮里拿起一张油乎乎的围裙，系在腰上，把袖口拢高，问道："准备开哪只？"

一伙人跟着父亲走到猪栏，分工合作，把妈妈认为的那只最调皮、又不怎么吃食的花猪老三拖了出来。

花猪老三嗷嗷直叫，众人把它按在椿凳上，德师傅一把长尖刀熟练地插了进去，花猪老三叫声更加惨烈。这时，妈妈点燃了一串长长的鞭炮，鞭炮声夹杂着猪叫声，浓浓的年味在璜塘湾开始飘散开来。

经常这时候，我们姐妹才从床上爬起来。

正是寒假，农活少，大人允许我们适当睡懒觉。

杀年猪虽然是大事，但我们基本帮不上忙，特别是听到猪叫声，总要在心里书呆子气地"阿弥陀佛"一番。

待到猪叫声和鞭炮声停止，我们就可以出来看热闹了。

此时，德师傅正弯腰对着一只猪腿使劲吹气，待到猪肚皮圆鼓鼓硬邦邦，他才停下来。

父亲提过来一大桶滚开水，帮着把水不断浇到花猪老三的身上。

在开水烫过的地方，德师傅拿出一个瓦片样的刮子一路跟着刮过去，然后就露出了白生生的肉。

这个程序全部结束，德师傅把猪肚剖开，再把猪倒挂在一个木楼梯上，这时他正式展示"庖丁解牛"般的高超技艺，三下五除二就把各种猪内脏从热乎乎的猪腹里一一掏了出来。

灶屋里柴火正旺，雾气腾腾，妈妈刚把一小锅猪血焖熟，这边厢德师傅掏出来的猪肝和切下来的一小块猪肉也进了灶房，妈妈又忙着切切切，忙着各种炒和煎。

不一会儿，德师傅基本完工，各种脏器分装在不同的盆子里，猪肉按父亲的意思砍成了不同分量的竖块，还会特意砍出一个六或八斤吉利数字的肘子——这是过年他要去孝敬岳父母的。

每每此时，德师傅总要感叹一番："还是养女儿好啊，过年有人送肘子，你看，你有三个女，以后肘子吃不完呢。"

德师傅只有两个儿子。

璜塘湾人都拼命想办法生儿子，所谓养儿防老，可到老了，又只盼着女儿回来，或是羡慕有女儿的人家。

真是矛盾啊。

·璜塘湾

杀年猪算是一个聚会的理由,这天的早餐就着新鲜的食材,也会相当丰盛,除了请帮忙的几人一起吃饭,妈妈还会请叔公、叔阿婆等长辈来家里一起小聚。

大家围坐在一起,男人们抿着温热的谷酒,谈论年成和国家大事,女人们关心八卦,谁家的崽要结婚了,谁家的女生娃了,上个月谁家的寿酒席面很客气如何如何。

早餐过后,客人们散去,自家人才开始正式收拾。

一大堆事要做。

父亲要清理晒谷坪里的血水和猪毛,要清洗猪肚和猪肠,要给猪脚、猪头褪毛,还要把肉一块块地悬挂在房梁上,这些肉都由父亲母亲分别在心里标了记号,哪一块是送大舅公的,哪一块是送二舅公的,哪一块是送三舅公的,哪一块是送姨阿婆的,哪一块是送姑阿婆的……

妈妈在灶房继续忙碌,用一口大锅焖剩下的猪血,用另一口大锅炼猪油。

我们姐妹几个一边帮妈妈烧火打杂,一边煨猪肝——将一小块猪肝撒上盐,用纸包上,在水里浸湿后,再埋在火灰里。

待纸干透烧焦,里面的猪肝也正好熟了。

真是人间美味啊,尤其这是我们自己发明制作出来的美味。

油渣也是世间的美味。

刚出锅的油渣,略微撒一点盐,口感焦脆,夹杂着浓郁的食物的醇香。

我们站在灶边,用手拈一块,又拈一块。

"少在这里挡路了,给我干点活去。"我们围着灶台,妈妈没法做事。

她分配给我们的任务是给邻居送猪血和油渣。

这是璜塘湾的传统,谁家杀猪了,都会送一碗猪血和油渣给邻居。

我两手端着油渣和猪血,到连婆婆家里。

连婆婆清脆明亮的笑声老远就出来了:"呀,永妹子,你妈妈又这么客气啊,那怎么好意思啊。"

她把碗换了,临了塞给我一个橘子:"谢谢你啊。"

妹妹被分配去老篾匠家里,回来时同样也会带上一把糖或是一个苹果啥的。

第二天一早，我们在床上又听到惨烈的猪叫声和热烈的鞭炮声。

那是连婆婆家杀年猪了。

晌午的时候，连婆婆也端着一碗猪血、一碗油渣过来了，和妈妈聊了半天家常，笑眯眯地回去了。

第三天一早，我们在床上还会听到惨烈的猪叫声和热烈的鞭炮声。

这是老篾匠家里也杀年猪了。

然后，也会看到高大而胖的老篾匠堂客端着猪血和油渣来家里，和妈妈扯一会谈，再一摇一摆地回去了。

腊月下旬的璜塘湾，这样的场景总是不时上演。

就在这样的猪叫声和鞭炮声中，年味，越来越浓了，年，越来越近了。

送 亮

大年三十，中餐以后，各个山角里，开始零零星星地响起鞭炮声。

这是各家各户在坟山里送亮。

所谓送亮，就是去墓前祭拜祖先。

一家老小，带上鞭炮、香烛、纸钱，以及修剪杂草的柴刀，浩浩荡荡开往山里。

这是璜塘湾人的一个传统活动。

平日去寺院里拜菩萨的以女性居多，但大年三十进山送亮，则以男性为主。

璜塘湾一直遵循男人为一家之主，大年三十去祖先的墓前进行一年的汇报和祭奉，这是家族里的大事，当然也要由男人来主导，正如清明挂山，也必定是家里的男人操持。

虽然大家一起住在璜塘湾，但各家的祖山并不都在附近。

祖山的位置应该源自各个家族很早的渊源，这个并不因为搬家、承包等外在条件而改变，大约这也是乡里面最为稳固和牢靠的事物。

有些人家的祖山隔得很远，以前交通不便的时候，需要上午就出发，到祖山附近的亲友家吃了午饭，下午送了亮再赶回家。

有些人家的祖山远在江西等外省，这种情况，恐怕得几年或好些年才能去一次，甚至一辈子都没能去。

年三十上午，父亲一般要抽出时间打纸钱。这是一个男人的宗教仪式，必须手洗干净，摒弃杂念，安静地坐下。

拿一摞四方的黄纸，放在木墩上，再把一个小铁筒扣在纸上，然后父亲抡起一个大木槌，对着铁筒锤下去，铁筒拿起来，纸上就留下一个铜钱印，如此一排一排敲下去，直到把整张黄纸敲满铜钱印，然后再拿一摞继续敲，直至把一大捆黄纸全部敲好。这就是下午进山送亮和晚上祭祀时烧给祖先的钱币了。

我家的祖山就在后面的石龙山上，坟墓周围是一片小小的茶园。

沿黄材渠道行进一段，经一段狭窄弯曲的石子山路，就到了祖山附近。太公、太婆、公公、阿婆，紧紧地挨在一起。

虽然清明挂山的时候对墓上杂草进行了清理，但经过一个夏秋冬，墓上又覆盖了枯黄的冬茅、横生的毛刺、细小的杂树等。

父亲拿出柴刀先清理杂生的植物，依次在每个坟墓前点上香烛、燃上鞭炮、纸钱，我们也依次在每个墓前作揖，嘴里念念有词，说些小孩子的愿望。

"给太婆您拜年啦，请您保佑我考试胜利啊。"

"给太公您拜年啦，请您保佑家里一切顺顺利利啊。"

"给公公您拜年啦，请您保佑我长好看些啊。"

"给阿婆您拜年啦，请您保佑今年的压岁红包大一点啊。"

父亲早孤，是太婆一手带大了他和伯伯、姑姑，对于我们小孩来说，这些坟墓里的祖先完全不熟识，有限的印象全部来自父母的讲述。

据说太婆晚年患了老年痴呆，生活不能自理，全由妈妈细心侍奉。虽然太婆糊里糊涂，但在临终时，突然清醒了，对着妈妈说："我一定要给你送一个好崽来。"

当时妈妈已经生了三个女儿，最小的女儿还在襁褓中，不过，几年之后，妈妈果真生下了弟弟。

妈妈认为这是太婆送来的。

妈妈对太婆很有感情，也一直觉得太婆在默默地守护着家里。

有一年，妈妈睡梦中听到太婆在朝她大喊："和妹子，和妹子，你还在睡啊，快点起来，快点起来呀，起火啦！"

· 璜塘湾

妈妈睁开眼,看到通往灶屋的门口透出火光,赶紧起来一看,灶屋里确实起火了,幸好发现得早,很快扑灭了。

这事让妈妈对太婆更为感怀,以至于后来家里大小事务,妈妈都要和太婆报告一番。

妈妈和我们姐弟反复说这个,只是告诉我们,对老人一定要孝敬,一定要做善事,因为你做的事,老人记得,老天爷会记得。

大年三十进山送亮,既是缅怀老人,更是现身说法教育小孩。

因为,大人一年一年带着小孩进山重复同样的事,小孩耳濡目染,无形中接受了这个家庭文化。

小孩长大了再带着他的小孩,如此一代一代传承下去。

山上草木茂盛,两三年不清理,坟墓就看不见了。

所以,从坟墓的打理情况,也看得出一家的状况。

有的坟墓,修理得精精致致,说明这个墓主人的后代旺相,并且规规矩矩来及时祭拜了。

有的坟墓,荒草丛生,说明这个墓主人的后代不济,甚至已经绝后了。

如果坟里的祖先们也聊天的话,大年三十的下午,他们应该和附近的邻居是这么聊的:

"张老倌,你这崽不错啊,带着堂客崽女来给你送亮了,看他拿柴刀的样范,和你以前一模一样啊。"

"华婆婆,你那爱孙,今年长高了好多啊,那眉眼,和你一个模子刻出来的吧。"

"白二爹,你那少爷真是个好角色,在部队里立了军功回来了啊。"

……

看来,是否上山送亮,可能关系到祖先们的面子。

更关键的,我们活得好与否,对社会有贡献与否,更是真正关系到祖先们的面子。

大概这就是"光宗耀祖"几个字的意义。

第三辑

故人

·璜塘湾

姐　姐

我排行老二，姐姐比我大两岁，下面一妹一弟。

据说长姐如母，是啊，我们三姐弟的这个母，而且还是个"虎妈"。

从小，我们就承受着她的"威权统治"，因此"压迫"与"反压迫"的"战争"持续上演。

七岁时她上学了，放学回来，无比兴奋地述说当天学校组织看的电影《红孩儿》。

妈妈正在斩猪草，我抱着妹妹坐在一旁。

我才五岁，已经当了一天保姆，而姐姐居然可以去读书，还可以看电影，还那么骄傲地回来炫耀。

我又嫉妒又生气，把妹妹塞到她怀里，她却不接，说要做家庭作业。

妈妈居然帮她，同意她去做作业。

家庭作业是个什么鬼？

她其实从不做家庭作业。

因为，放学后的所有时间，她都在拼命干活。

她只比我大两岁，但至少比我懂事十岁以上，而且，严厉地管教我。

大约是我五六岁左右的春天，璜塘湾的人成群结队去石桥茶场采茶，按采摘的鲜叶重量赚取报酬。

姐姐也跟着去，并且带上了我。

她既嫌弃我跑得慢，又觉得我到底可以帮点忙，所以一边骂我一边赶着我干活。

那些茶树比我的个子都高,我只能攀着枝子,摘几片放在姐姐的篮子里。

姐姐手脚极为麻利,是个干活的快手,摘满一篮到场部去称重交货,但是没有钱,只换回白色的纸片,纸片上面盖了茶场的章子,说是可以日后去兑。

但是,后来,好像一直没有兑付到位,可怜我和姐姐几天的劳动。

横市的鞭炮产业曾经红火一时,很多家庭都从鞭炮厂接了活回家做。

有段时间,璜塘湾的小伙伴都在"插饼"。

一只"饼"有一千多颗鞭炮子,我们要做的工作是在每一颗鞭炮子上插上引线。

星期天,七八岁的姐姐可以坐一整天,最多时,能完成二十来只饼的任务。

她是劳模,但她总逼着我坐旁边,一起干活。

她坐一整天,也逼着我坐一整天。

但我真是坐不住啊,扭来扭去,玩一下这个,玩一下那个,不想干活,她就骂:"你屁股上有钉子吗?"

上厕所,她也骂:"又偷懒,怎么要这么久?"

她认为只要把我拴在身边,总可以做点事。

是的,那时她可以完成二十来只,而我,往往可以完成两只。

她满意了,好歹也有两只嘛,总比啥也没干的好。

待到妹妹和弟弟长大一点,她的"统治范围"扩大了。

特别是干农活时,她俨似旧社会监工。

"双抢"期间,天蒙蒙亮就吆喝我们出早工。我们三个小的勉强爬起来,一边发眼屎晕①,一边跌跌撞撞地跟在她后面跑。

清晨的璜塘湾,薄雾轻透,露水很快打湿了裤脚。

不过有时露水干透、太阳爬过石龙山一人高了,我们还在出早工。

很饿了,但她下指示:"不行,必须把这片秧扯了才能回家吃饭。"

什么道理?饭后再干不是一样吗?

"不行,饭后必须直接去月亮丘插秧。"

又严厉又固执,一点也不理睬我们的抗议。

---

① 眼屎晕:璜塘湾方言,指人睡觉刚醒时迷迷糊糊的状态。

· 璜塘湾

为了提高劳动效率，防止我们偷懒，她想出了很多办法。

比如，插秧时，她要我们三个在前面，她一人断后，目的是逼着我们往前走。因为前面的不插完，后面的就没有参照线。

腰弯久了真的很痛啊，而且太阳晒得厉害，还要不时扯掉爬到腿上的蚂蟥。

我站直了休息一下，她的余光就看见了，骂："又伸着那黄瓜腰干啥？"

好不容易完成一排，坐田埂上休息一会，她很快就催了："快点快点，哪里要歇这么久？"

她自己是机器人，以为别人也是机器人？

她是老大，很早就自觉担起家里的责任，小学毕业主动辍学去学手艺，十五岁独立开店，很快成为家里的经济支柱。

大小姐兼老大的范更足了。

每晚睡前，她打半桶水，坐那慢慢地泡脚。

然后，就听见她各种指示："永妹子，给我加点热水。"

"永妹子，给我拿毛巾。"

"永妹子，给我拿鞋子。"

"永妹子，给我倒杯茶。"

一会，"风好大，永妹子你去挡一下门"。

或者，"有点闷，哎，永妹子你去把门开一下"。

我嚷："你就不能自己事先准备好吗？每天这样指示我。"

没用。独裁者从来不会改变自己，第二天，她照样只打水，然后依次使唤。

反正她有三个小兵，视线里看到谁，就使唤谁。

"恶霸地主，周扒皮，她这样子以后肯定嫁不出去。"我们三个小的结成联盟，背地里"讨伐"她。

但是，追她的男孩子很多，来做媒的也很多。

我和妹妹，有次还陪着她去申明相亲。

媒人事先介绍了家庭状况，父母比较满意，我们三姐妹去实地考察。

但那男的，没能过我们三姐妹的考察关。

第三辑　故　人

　　回家后，妈妈听了我们的汇报，觉得我们的想法不成熟，要姐姐试着交往看看。

　　姐姐不愿直接反对，我却和妈妈顶起来了，"没有感觉为什么要勉强？怎么可以和不喜欢的人生活？你们怎么可以这么强迫？"

　　我把从书本里看到的只言片语，拿来作为武器和父母论理。

　　姐姐只是一言不发。

　　她平时对我们凶，但作为家里老大，习惯了忍辱负重，从不为自己的事，和父母顶嘴。

　　反而是我，为姐姐的事，少年意气，打抱不平，和妈妈大吵过几次。

　　什么时候，我们开始来保护姐姐了？

　　我们其实没有真正吵过架，姐妹间从没为个人私事起过争执。

　　她所有的物品，诸如衣服、化妆品，一直给我们共享，凡有好东西，必定留给我们。

　　她除了压着我干活，也带着我晚上赶场去看电影，去五所桥上乘凉，带着我参加她们小伙伴的聚会。

　　她没有享受过童年，很小就为家庭分忧，主动承担起照顾弟妹的重担。

　　受她影响，四姐弟间，多年来一直深情无私地互帮互衬。

　　我们三个小的，相继读书离开横市，一个比一个走得远。

　　只有她，根系深深地扎在横市，长成了一棵树。

　　超出横市的坐车旅程都会让她"翻江倒海"，照顾家人和经营小店就是她生命里的一切，笃定又单纯。

　　她不关心世界，家人就是她的全部世界。

　　少时，她需要照顾弟妹，大了，只有她离父母最近，照顾父母最贴心，花费的精力最多。

　　她永远是家里最柔软最坚定的那部分。

　　有姐姐的人是有福的。

　　姐姐，永远幸福哦。

·璜塘湾

朝氏粒的喜事

朝氏粒结婚的那天傍晚,开台锣鼓一直在敲,我连晚饭都没心思吃了。

根据经验,开台锣鼓要敲好久,一直把人敲齐才开始唱戏,但我受不了锣鼓声的诱惑,嘴一抹,撒开脚丫子往他家跑。

他家土砖房前搭了戏台,堂屋里吃晚饭的席没完全散,但空了的椿凳马上有人搬了出来,坐在台下开始占位。

这是我印象里最早的璜塘湾的大戏了。

朝氏粒本来住在我家隔壁,他是家中独子,有三个姐姐,不过自我记事起,他的姐姐们早已出嫁了。

他的小姐姐嫁到当时传说中非常富裕的煤炭坝。

常听大人们说起小姐姐相亲的段子。

小姐姐到煤炭坝男方家里相亲时,看到男方随手拉开一个没上锁的抽屉,里面散乱地放了好多零钱。当时,哪怕是一分钱,璜塘湾人都会十分宝贝地保管,哪有像这样把钱随便扔的?看来是真有钱啊。

于是,小姐姐果断嫁到煤炭坝了。

璜塘湾以前一直很穷,单身汉是比较普遍的存在。

朝氏粒家里也穷,他也一直没有找到合适的堂客。

他与老父亲相依为命,几年后俩人搬到几百米外的开阔地盖了五间土砖房。虽然有了敞亮的新房,但他年纪也不小了,过了讨堂客的黄金年龄,堂客的事一直没有着落。

第三辑 故　人·

　　后来老父亲过世了，朝氏粒就成了正宗单身汉，一人吃饱，全家不饿，本来就快活似神仙的他，更加无牵无挂满天飞了。

　　他有一大帮子朋友，其中有些是唱戏的，所以经常看到一些来不及卸妆的女戏子男戏子在他家出出进进，朝氏粒骑着单车接进接出，不亦乐乎。

　　那些年轻漂亮的女戏子坐在他的自行车后面飞驰而过时，裙裾高高飘起，十分好看，让人特别羡慕。

　　大家经常策他："朝氏粒，哪个是你堂客啊？"

　　朝氏粒嘿嘿地笑，但他终究没有娶其中的任何一个女戏子。

　　朝氏粒的新娘是来自枫树坪的一个残疾姑娘。

　　姑娘因患小儿麻痹症，双腿不能行走，但她面容姣好，人又聪明，嘴巴很甜。不知道是不是这些原因，反正不久之后，朝氏粒就决定娶她了，姑娘也同意嫁他了。

　　结婚是璜塘湾最重要的喜事，一般都要唱一通晚花鼓戏。尤其朝氏粒还有一帮戏子朋友，这场花鼓戏更是让人期待。

　　但我实在想不起那晚唱的是什么剧目了，大约我知道剧目也看不懂。

　　只记得舞台上嘤嘤婉唱的旦角把人的眼泪唱出来，白鼻子的奸臣让人恨得牙痒痒，武将手拿一根鞭子晃几下算是骑马跑了很远……邻居德山猫公不时爬到台上，踮起脚尖去给戏台两侧的火把添加煤油。

　　台下黑压压坐满了人，靠近戏台的黄金位置坐着大亲，更后面一点，就是站着的来自四里八乡的看客，有的甚至站到了更远处的田埂上。大家张大嘴巴看得呆住，人说"唱戏的疯子，看戏的傻子"，正是这般模样。

　　我们小孩则在人堆里钻来钻去，比唱戏的还兴奋。与其看戏，更多是看戏子。我喜欢到后台去看戏子化妆，看他们把油彩一层层刷到脸上，眉毛长长地斜入鬓角，看旦角戴上满头珠翠，在灯光下闪闪发亮，他们不时说着笑话，互相逗趣，有的则细声对词……

　　这些盛装的戏子，在灰不拉叽的人堆里，都是光彩夺目的明星，一举手一投足，格外引人注目，让人神往。

　　戏唱到午夜后，看客会散去一些，戏台下明显空爽许多，这时大家都有坐的地方了，主事的会安排厨房搞几桌菜出来，大家一边吃夜宵，一边看戏，如此这般，唱到天亮。

我熬不住困，被妈妈拉回家睡觉了。

有夜宵吃是第二天姐姐告诉我的，还有大人说，后半夜唱的戏更好看。我有点遗憾，不过没有关系，璜塘湾还有很多没有结婚的男青年，他们做喜事时，也会要唱戏的。

朝氏粒结婚后，与那些戏子朋友来往就少了，他很安心地在家踏踏实实干活。一到农忙季节，岳父带着几个小舅子，举家来帮忙，都是生猛的干活能手，三下五除二就把朝氏粒的几亩田整饬好了。

堂客很快给他生了一个胖小子。

胖小子长大后，很早就结婚了，然后很快也生了一个胖小子。

朝氏粒虽然当父亲很迟，但当爷爷却并不比别人晚。

哪个老人家说过，人生是一场戏啊，慢慢地演吧。

哪个老人家也说过，人生是马拉松啊，开头不要急嘛。

外婆的烟茶

外婆的喝茶方法与很多人都不同。

她把茶叶当成了零食。

她给自己泡茶时，茶叶几乎占了茶碗的一半，茶水极酽，呈深浓的黄褐色，尝一口，味道极苦。

但她甘之如饴。

喝完水后，她会用手指把茶叶直接捞起来，放在嘴里咀嚼，她好像极为享受吃茶叶的这个过程，所以毫不掩饰咀嚼声，吧唧吧唧，极具诱惑力，让我以为这是世界上最好的美味。

"我也要吃。"外婆津津有味的咀嚼声，每次都会刺激我的唾液。

"你不能吃呢，吃了茶叶皮肤会变黑，你看我喽。"每次外婆都是这个理由。

老了的外婆皮肤是有些黑，让我确信她说的是事实。

外婆出身大户人家，是典型的大家闺秀，据说出嫁前没有下过绣楼。

外公家也是大地主，他俩结婚后生了三子一女。

在时代的洪流里，个人是随水飘荡的树叶，后来因为出身的原因，一家人吃了不少苦头。

作为大小姐的外婆，不得不出工干农活，受尽白眼和歧视，外公脾气又暴，还有一大窝子女要操心，大约是在这样的艰难里，她才开始喝极苦的茶，将茶叶当成零食的？

外婆喝的是自制烟熏茶。

因为自己爱茶，她会很用心地备足一年的粮草，就像一个老烟农，很用心地种植烟叶、切烟丝。

春天来时，铁家坡后山上的茶树开始吐芽，外婆自己上山采茶，摘回来后，经历炒青、揉捻等程序，再将之摊在竹匾上，用枫球和米糠燃起的烟慢慢熏。制成后的茶叶她会用青花瓷坛小心地密封保存。

她认为这是世界上最好的茶叶。

曾有亲戚送她贵重的绿茶，她完全没兴趣。

"那茶，太淡了，没味。"

更关键的是，她认为泡过后的绿茶嚼起来没有劲道。

晚年外公中风以后，一直由外婆护理。

虽然行动不便，外公的脾气依然很暴，动不动向外婆发火，外婆一直是那个受气的小媳妇。

有年，外公身体稍好一点，两个老人到我家住了一星期。

这是两个老人第一次在宁乡县城里小住，他们每天站在六楼的阳台上眺望远处的街道和车水马龙，觉得特别开心。

因为是在我家，外公也收敛了他的暴脾气，对外婆态度和气很多，这让外婆都觉得有些惊讶。

"城里人都要文明些是不？"我和外婆开玩笑。

相较于外公的病躯，她的身体在别人看起来一直很硬朗。

她也自认会走在外公的后面。

她一生没有自我，所以经常幻想外公走后的独立自由生活。

"永妹子，你外公走后，我就要去你家里好好住一段时间。"

"你外公走了以后，我要安安静静地好好过一段日子。"

这是一个小小的愿望。

但是也落空了。

她居然走在了外公的前面。

她一生不愿麻烦别人，在走之前，几乎没有任何折腾，就静悄悄地走了。

她一生不曾反驳过外公半句，这可能是她唯一的一次行动抗议："我先走了，不管你了。"

给外婆办丧事的那几天，我看到外公不时落泪。

一辈子对之吹毛求疵，态度恶劣，大约认为她是最稳定的存在，是自身的一部分，永远也不会离开。

而今突然离去，就是自己的生命活脱脱切去了一半。

而外婆，静静地躺在那里，没有一声言语，没有任何要求。

如果征求她的意见，想要什么陪葬物品，她会不会提出带一袋烟熏茶走？我后来经常这样想。

我自己并不喜欢烟熏茶。

小时候在家里几乎不吃茶叶，因为妈妈和外婆一样，总是提醒我们喝茶水皮肤会变黑，所以，对茶没有太多印象。

长大后的办公室里，一年到头都是沩山毛尖，对茶叶的感觉也就被沩山毛尖定格了。

但家里还是经常会出现烟熏茶，这是妈妈到庙里请菩萨加持过的"神茶"。

妈妈和所有老人一样，待在乡里，搞不清外面的事情，每天操心后辈，又不知道如何操心和帮忙，就去庙里请求菩萨的保佑。

她相信，她的心愿和菩萨的关照会由这神茶传递给我们。

我起身泡了一大杯母亲从庙里求回的神茶。

我的茶里没有诗意和禅意，有的只是浓浓的烟火气息。

这烟火里，是感情，是亲情，也是人间百味。

王五外公

"大火彤彤，烧死外公；

丢到山里，变只兔根；

丢到屋里，变只猫公；

丢到河里，变只虾公；

丢到田里，变只麻公。"

我们姐妹几个围坐在地炉前，面前的梭筒钩子上挂着一个铁壶，铁壶下的柴火噼啪作响。

火焰升腾，"大火彤彤"的句子自然而然冒出来了。

外公就在旁边忙活。

但他一点也不生气，还笑眯眯的："要烧死外公啊，外公有什么好烧的啊。"

小时唱童谣，觉得纯粹是瞎编。

长大后仔细一琢磨，发现，这童谣唱的不正是轮回的道理吗？

外公早几年故去了，如果后面真变成兔根、猫公、虾公或者麻公，可以随时与我们见面，倒不失为一种安慰。

据说外公脾气很大。

但他从未对我们发过脾气，无论我们怎么淘气或者吵闹。

我看完连环画《大刀王五》，回头去和外公聊："这个人也叫王五，功夫很厉害呢。"

外公正抡着一把柴刀，蹲在地坪一角劈柴，"有我厉害吗？"

"这个王五可以和外国人打架呢！"我觉得外公是真不知道大刀王五的功夫。

外公呵呵笑了："那就是他厉害喽。"

"大眼珠，你还在这儿啊。"邻居周格福站在渠道堤上，看到我就逗弄开了，"赖客子，你怎么住这么久还不回去？"

家里娃娃多，妈妈为了减轻负担，会经常把我们几个轮流放在铁家坡。

我昨天才来铁家坡，刚替换了姐姐回去，显然周格福又把我和姐姐搞混了。

周格福当过兵，个子高高，声音很大，面相很严肃，偏又特别喜欢逗弄小孩，我和姐姐相差两岁，他一直没有分清我俩谁是谁。

我和姐姐都很怕他。

但是我们越怕他，他就越喜欢调侃，还给我和姐姐随口取了一堆外号：比如因为我们常来外婆家长住，就叫我们"赖客子"，比如因为我和姐姐都是圆脸大眼，就喊我们"大眼珠"……

"赖客子，你带米来没？你不能长年住在这里吃王五公的呢。"周格福一点也没有走开的意思。

外公吼他："王五公家吃不尽用不尽，"然后转头安慰我，"别理他，外公家你想怎么住就怎么住，外公家好吃的都归你。"

我瞪了周格福一眼，赶紧躲到房间里去了。

身后传来周格福开心的大笑。

周格福家的房子，紧邻着外公家。

事实上，透过外公家厢房的窗户，就可以看到周格福家的房间。

那么，晚上，糖油粑粑的香味，周格福家肯定也闻到了。

外公炸糖油粑粑，一般要到很晚的晚上。

我已经开始打瞌睡、念着要去床上睡的时候，外公才忙完杂活，说："别睡别睡，马上有好吃的了。"

然后他就把小煤炉搬到靠近饭桌的位置，架上一口小铁锅，里面倒进油。

·璜塘湾·

待到油温升高，外公就把一个个圆圆的糯米团丢进锅里，慢慢地煎至两面金黄。

全部煎好以后，他再将一碗红糖水倒进锅里，滋滋几下，一锅香甜的糖油粑粑出炉了。

第二天周格福会站在堤上说："赖客子，你昨晚上吃了多少喽，王五公家里都会被你吃光呢。"

我不敢回应他，小心地躲到走廊的红砖柱子后面。

外公骂他："喊你过来不过来，这个时候流口水吧。"

"太甜的家伙，不爱，有酒，我倒是来喝一口。"

外公喜欢吃甜腻的面食米食，也喜欢大碗喝酒，大块吃肉。

家中的酒坛，是外公最为珍重的物品。

谁要是陪他喝上两口，他就视为知音了。

父亲是他唯一的女婿，结婚前本来不沾酒，但是在外公的命令和规劝下，开始端杯，陪岳父大人小抿。

长此以后，父亲不仅酒量显著提升，还爱上了杯中物，以致再到铁家坡，不仅不劝自饮，还可以殷勤陪好岳父大人，每次到铁家坡都大醉而归。

对此，外公很是得意，觉得自己调教女婿成功，亲友聚会的时候，他还会特别提醒大家，要敬好这个知音女婿。

这样，父亲喝醉的机会更多了。

外公甚为得意的还有弟弟吃肉的表现。

弟弟很小的时候，外公总是夹了大块的肥肉喂他，偏偏弟弟也只喜欢肥肉不喜欢瘦肉，十分配合。

外公认为，这是能干大事的表现。

所以，他逢人就夸："我那外孙，吃肉都和别的细伢子不一样，以后会下不得地呢。"

后来，弟弟考上了学校，再或是取得一点成绩，每次听到这样的喜事，外公都十分骄傲，并不忘强调自己的先知先觉："我这外孙，小时候就很不一样，果然是不一样啊。"

好酒爱肉的外公，其实骨子里也有大刀王五的豪气干云。

但是大地主之子的身份，让他施不开拳脚，并在各种运动中吃了很多苦头，女儿很小就嫁了出去，而儿子则老大不小还没能成家，在铁家坡的小社会里，他实际是郁闷压抑的。

一家老小的生活压力和所有不顺，最后都化成了杯中物和暴脾气。

晚年的他，中风在床多年，再也不被允许喝酒，这让他像被困住的狮子，只能在笼子里吼叫。

不过他还是会理直气壮地要求吃肉，这是他唯一能被允许达成的念想。

临走前的一天，他还美美地享受了一大碗蒸得烂烂的肉，最后安心离去。

大火彤彤。

如果真如童谣所唱，有各种机会可选的话，我想外公会选择猫公吧。

做了猫公，可以行侠江湖，到处奔跑，肆意酒肉，畅意快哉，是不？

· 璜塘湾

神仙眷侣

富满公和富满婆曾是璜塘湾的神仙眷侣。

他们的房子在桥屋里,竹林掩映的五间精致瓦房,背靠一溪碧水,面朝开阔田野。

厨房窗子临着通往新屋里的小路,平日,一根木棍把窗架子支起来,路人就可看到正在灶台忙碌的富满婆。

据说富满婆年轻时是个有名的美人。

不过我印象中的富满婆,已经是个六七十岁的老人了。她个子高高,总是含着胸,因此看上去有点微驼,但那圆脸大眼和白净皮肤,仍有当年美人的余韵。

去新开丘干农活时,总要去她家讨水喝。

一走近她家的房子,就感觉到一种不同寻常的氛围。

她家真是太洁净了。

房子前后整理得井井有条,阶基等处无任何额外的杂物。

门槛有点高,进了门槛后,可以更见精致讲究。室内纤尘不染,光可鉴人。厨房里寻常人家黑不溜秋的梭筒钩,都被富满婆擦得锃明透亮。每一样家具都恰到好处地安置,甚至水缸上的木盖和舀水的木瓢,都摆放得很是用心。

"来,接着。"富满婆舀了一瓢水,放到一个茶碗里,让我们轮流一个一个喝。

到别人家喝水，拿个碗自己舀就行了，但到富满婆家不行。

她特别讲究，只固定一个碗给我们这些一身泥巴的小孩子用。喝完以后，她会把碗使劲清洗，再放到固定位置。

不单是我们这些泥巴小孩，据说一般大人到她家做客，客人走了以后，她都会把坐过的凳子擦洗好几遍。

由此可见她的讲究程度。

富满公是一个有名的裁缝，富满婆算是裁缝助理。

这么讲究的一对夫妇，干的活儿自然不赖，即使在最困难的年代，富满公的生意都很好，所以他家很长时间都是璜塘湾的富裕户。

殷实的经济基础，超乎一般人的审美和生活情致，富满公夫妇可谓是璜塘湾的神仙眷侣。

完璧也有瑕。

神仙眷侣一直没有自己的孩子。

后来，他们终于领养了一个女孩，多年的爱释放到女孩身上，将之宠成了公主。

那是一段黄金般的日子。

富满公的创作才华，有了自由发挥空间。他经常制出漂亮时尚的衣裙，穿在女儿身上，由此女儿荣耀地引领了璜塘湾的时尚潮流。

所有新鲜的玩意，只要富满公能找到的，都会给女儿找来。

如果天上的星星可以摘下来，只要女儿要，富满公也会毫不犹豫去搭梯子。

女儿长大后，左挑右选，最终嫁给了横市一个门当户对的人家。

据说富满公打发的嫁妆极其丰厚，男方的婚礼也极其讲究，富满公嫁女成为当时很多人争相去看的大场面。

真是鲜花着锦啊。

但愿花常开。

但人间没有这样的事。

女儿婚后并不幸福，终日处在暴力的阴影下。

·璜塘湾

几年以后,就改嫁到了江西,山高水远,从此极少回来。

孤独的富满公夫妇,绕了一圈之后,依然是两个人的孤独。

富满婆的身体也出了状况,胸部疼痛,去医院检查之后诊断是乳腺癌,不得以,最终实施了单只乳房切除手术。

这对于爱美如命、生活讲究的富满婆来说,简直是比要命更难接受的事。

她最终接受了命运。

手术后的富满婆开始习惯性含胸走路,掩饰不对称的胸部,渐渐地,背就驼了。

改革开放后,市场开始活跃,镇上商店里的衣服随选随有,式样时尚,富满公的手艺没了用武之地,两个老人的房子渐渐沉寂下去。

有年夏天晚上,大家坐在一起乘凉。

富满婆说,她看见一个穿白衣服的人从大路上走过来,问别人那是谁。

但其他乘凉的人都说没见到什么穿白衣服的人,富满婆甚是诧异。

不久之后,她就走了。

富满婆在的时候,富满公从未染指过厨房杂事,现在堂客撒手而去,富满公就成了老年巨婴,基本的生活自理都无法完成。

余下几年,富满公的饮食,都是靠邻居帮忙解决,其他事物,只能草率将就。家里与富满婆在世时的精致讲究相比,已然是天壤之别。

爱美了一辈子的富满婆,最后却是以不对称的身形走完人生。

享受了一辈子精致生活的富满公,最后却是在邋遢的脏乱中告别人世。

他们精心打理的瓦房,在富满公去世后,很快夷为平地,成为村里的菜地。

几年后洛湛铁路经过璜塘湾,菜地也不复踪影。

神仙眷侣在这里几十年的往事,消失在风中。

第三辑 故 人

余裁缝

看着余师傅挥起大剪刀,对着布料嚓嚓剪的时候,我想,我以后要是能成为一名裁缝师傅就好了。

那时,我一定要给自己缝制最漂亮的衣裳。

余师傅做姑娘时在横市街上的一个制衣店里学习缝纫手艺,学成出师时,就从璜塘湾嫁到了附近的石泥坝。

妈妈很喜欢余师傅做的衣服,大约因为余师傅是女性,又年轻,对时尚潮流敏感一点,做的衣服比较合妈妈的心。

妈妈一直是个爱漂亮的女人。她年轻的时候,家里很困难,但她有本事把一家人收拾得干干净净、漂漂亮亮。

她现在六十多岁了,爱美的习惯没改。一头乌黑的长发扎成马尾,衣服鲜亮新潮,根本不像一个六十多岁的农村老太太。

印象里最早的一张照片,是三姐妹和妈妈的合影。妈妈的长辫子,斜斜地从肩头搭过来,她怀里抱着妹妹,我和姐姐分别站在旁边和身后。

值得注意的是,照片上的服装很协调,妈妈、姐姐和我均穿着手工缝制的毛线背心,妹妹穿着毛线外套,这就是现在亲子装的雏形啊,由此可见妈妈的讲究和审美意识。

这么爱美的妈妈,自然是裁缝师傅的重要主顾。

璜塘湾的富裁缝和河对面的四裁缝,他们不再出门干活,有需要做的衣服,妈妈就带上衣样送上门去缝制。大坟山的淑裁缝和胡家湾的霞婆婆,请

璜塘湾

过几次来家里。不过,在我懂事后的几年中,来家里做衣服的就只有余师傅了。

当时余师傅生意特别火,要预约很长时间,才能轮到一户人家。她的缝纫机和衣箱担子,常年在各家递来递去。

尤其到过年之前,家家户户都要缝制新衣,这也是余师傅最忙的时候。虽然她的工钱是按天计,但有时为了完成工作量,也不得不很晚才从客户家里回去。

裁缝师傅来家里,是我们小女生最兴奋的时候。

师傅打板、画粉,甚至给机子上线,我们都可以在旁边傻傻地看半天。

霍霍剪布料的声音,嚓嚓缝织的声音,这都是世界上最动听的音乐啊。

我们守在一边,很是焦急:"我的那件还没做好吗?"

"可以先做我的那件吗?"

余师傅有时逗我们:"有你的衣服吗?你妈妈没给我说啊,布料买了吗?"

这个时候,我们就会去找妈妈,委屈得眼泪都快要掉下来。

不过,有次过年之前,妈妈确实没有给我做新罩衣。

年三十晚上到初一,我都是苦着一张脸,非常伤心难过。

等到初二,一家人出发去给亲戚拜年的时候,妈妈把她夏天里一件黑底碎花的长袖衬衫罩在我的大棉袄上,再把长出一节的袖子反折在里面。

我就穿着这件衣服扭扭捏捏去各家做客。

可笑的是,别人纷纷赞我的"罩衣"很漂亮、很时髦。

我现在也不知道,是这件"罩衣"真漂亮,还是他们知道了底细,串通起来糊弄我。

爸爸很小就成了孤儿,家里一贫如洗,据说他和妈妈结婚的时候,身上一件白衬衣都是借的。

婚后知道了底细的妈妈,心疼不已,后来凡是做衣服,都会优先爸爸。每次都给他扯最好的布料,比如三合一、的确良和的确卡之类,毕竟他是一家之主,作为男人,要穿得上档次点。

至于她和我们这些女娃，就用平板布，反正只要颜色鲜艳点就行了。

好在我们也不讲究，只要是新衣裳，就会欢天喜地。

特别是作为家中老二的我，最常见的命运是承接姐姐淘汰下来的旧衣服，穿新衣服的机会本来不多。

进高中前的暑假，妈妈为了表示对我升学的重视和鼓励，请余师傅按照电视里最新的式样，给我做了一条黑色长裤和一件格子外套。

第一个月放假回家时，我就向妈妈报告了一个不幸的消息："新衣服丢了。"

衣服晾在外面，再去收的时候，就不见了。

妈妈很是遗憾，一直念叨此事，但同时也对我的马大哈性格有了充分认识，以致后面再给我什么东西，都会反复叮咛和交代。

"你别又弄丢了啊。"

高三第一学年，妈妈又请余师傅给我做了一件上半节紫色、下半节白色的单层夹克外套，这也是她在电视里看的式样。这件衣服我很喜欢，几乎天天穿，到冬天很冷的时候，我仍穿着它。

食堂门口卖糕点的阿姨，看到我露在寒风中的脖子，心疼不已："妹子，你不冷吗？多穿点啊。"

她哪知道我这是"爱得俏，冻得叫"啊。

这是印象中妈妈给我"私人定制"的最后一次。此后的衣裳，都是从店里直接买，家里也没有请过裁缝师傅了。

我有次问起余师傅的去向，手艺那么好的她，现在干什么去了。妈妈说，余师傅早不做裁缝了，她后来做过鞭炮，再后来种烤烟去了。

乡村的"私人定制"，可谓彻底退出了历史舞台。

但是，城里的"私人定制"，作为一种高端产品，反倒是越来越兴盛了。

麻 子

父亲有三个舅舅,其中两个舅舅都是麻子。

据妈妈回忆,有一年,其中一个来我家,当时我大约两三岁,亲昵地爬到舅爷爷身上,摸他的头,摸他的脸,妈妈在旁边看着,几次叫我下来,说莫弄脏舅爷爷的衣服了,其实她是担心我说出不得体的话。

但我不听,而且果然说出了妈妈最担心的那句话,"舅爷爷,您的脸上怎么这么多坑啊?"

舅爷爷的麻子脸一下红了。

妈妈一边拉开我,一边训话:"看你这张嘴,哪壶不开提哪壶。"

舅爷爷勉强排解:"小孩子嘛,没关系。"

其实真的很有关系,因为舅爷爷后来都不敢抱我了,生怕我又去摸他的脸。

我当时真不知道,在麻子面前是不能提"麻""坑""洞"等字眼的。

舅爷爷身材高大,国字脸型,英气十足,可惜是个麻子。

两个麻子舅爷爷都讨了老婆,生了一窝崽,我长大一点后,看习惯了,倒是不觉得麻子有什么特别了。

老一辈的人里,其实麻子是比较常见的。

"出麻子后,脸上就会留下麻子。"

老人说的"出麻子",按现代医学,应该叫做"麻疹"。由于当时人们的医学认知有限,总把"麻子脸"和"出麻子"联系到一起。而真正的麻子,其实与天花或小痘的后遗症有关。

麻疹传染性很强,但乡里人好像对此并不太了然。

有一年春节,妹妹和弟弟同时"出麻子"。

按现在的做法,两人都应该隔离治疗。

可惜当时所有人对此仅有的认知是:不要吹风。

于是,妹妹和弟弟分别坐在箩筐里,捂上被子,父亲挑着箩筐,妈妈牵着我和姐姐,照样走家串户拜年。

"娃娃出麻子,不能吹风呢。"每个人都提醒这一句。

每到一家,大家就张罗着父亲把箩筐直接挑进屋,然后关上门窗,再把娃娃抱到床上,放下蚊帐。

每个人都小心翼翼,大家都觉得这样理所应当,谁也没有想过我们应该留在家里不出门。

假如父母真留在家里守着娃娃,不给亲戚长辈拜年的话,这才真会让别人惊讶,并且会认为是大逆不道,"啊,出个麻子就不来拜年了?像什么样子?"

后来每每聊起这个,妹妹都倒吸一口冷气,"万幸啊,假如脸上真留下麻子怎么办?"她是个视美如生命的女人,无论如何也无法接受一脸的麻子。

"没事,成了麻子女人你也会很抢手,乡里人说吃菜要吃茄子,堂客要讨麻子嘛。"我们有时调侃她。

"呸,我才不要那样抢手。"

"麻禾有谷,麻婆有福,当个麻婆好啊。"

"呸,我不做麻婆,照样有福。"

类似的凶险,其实不只有一遭。

有次,我和姐姐一起患上抱耳风,医学上称腮腺炎。抱耳风有传染性,当时璜塘湾好几个娃娃都染上了。

腮帮肿痛,不能吃饭说话,妈妈看在眼里,急在心里,走到隔壁去和老篾匠堂客去商量。

老篾匠堂客已经养大了一堆孩子,经验充足,淡定得多,她说不要担心,有个很好的土方子,把石灰和上鸡蛋清,敷在腮上即可。

妈妈回来如法炮制,我和姐姐的腮帮上就涂了两大砣石灰蛋清物。刚开始敷上不觉得有异样,但当石灰蛋清干燥凝固成膏,腮部和这两砣膏状硬物长在一起后,稍微张嘴就疼痛不已,更不能说话吃东西了。

脸上长两大砣白色膏状物,样子当然十分古怪。

万山猫公来得很勤。

一会拿着食物来逗我们吃,"很好吃呀,真的很好吃呀!"我们只能暗暗地流口水。

一会过来做鬼脸逗我们笑,我们稍微想笑,牵扯的肌肉就开始疼,笑便变成了疼的眼泪。"哈哈哈……"万山猫公很满意地笑着回去了。

姐妹俩一句话都骂不出口,只能干瞪眼。

虽然这个土方有点奇怪,但抱耳风终究是好了。

拆石膏的时候,我才真正感觉到疼的撕心裂肺,想想把两块长在一起的肉撕开的感觉吧。

我还清晰地记得,撕下来的石膏内壁,留着许多汗毛。

实际上,在撕石膏的时候,几乎把皮肤表层一起撕下来了。

在防疫体系不健全的年代里,能够长成心智、身体健康的人,真是一件非常幸运的事啊。

璜塘湾更老更老的上一辈人,都是像老鼠一样一窝一窝地下崽,生十多个孩子的老人是普遍现象,但最终大部分家庭都只留下几个。以数量求质量,以天然之身应对各种疾病和灾害,优胜劣汰,自然选择,这也算是最原始的防疫法。

还有一些,虽然活了下来,却伴随着一生的遗憾。

朝氏粒堂客面容姣好,但下肢残疾,不能行走,她是上个世纪六十年代人,感染了当时流行的脊髓灰质炎,侥幸活下来,只是留下了这个后遗症。

年经更大的常瞎子，他是因为小时候得了一场大病，长时间高烧不退，家里人用了各种乡里的土法治疗，他再醒过来后，眼睛就看不见了。

上几辈里，这样的情况还有很多。

应该说，越往后，优生的氛围更浓，优育的配套措施也更齐全，新生代里，就都是健康可爱的生命了。

真是幸运啊，我们这么健康。

真是应该感恩啊，一切一切。

·璜塘湾

嫁到岳州府

璜塘湾的歌谣唱的都是出嫁的姑娘。

"推豆腐，打豆腐，

妹子嫁到岳州府，

做媒的，哪一个，佬佬财，

妹子心慌要回来。

白天回来三把伞，

夜里回来四盏灯，

妹子掉到塘里水汪汪。"

我唯一的姑姑就是远嫁岳州府，洞庭湖边上的南县。

现在看来，璜塘湾到南县其实并不远，开车几个小时就到了，可在交通不发达的当时，算得上是天涯。

从璜塘湾步行到镇上需要一个小时，从镇上等候路过的班车，摇摇晃晃到宁乡县城，需要半天时间，从宁乡县城等候去益阳的班车，到了益阳再等候去南县的班车，到了南县县城再等候去沙港市的班车，到了沙港市再步行去姑姑家里……

运气好的话，一天可以到达，运气不好的话，半路上还要住旅社。这是一个漫长的路程，所以，姑姑出嫁后，非常难得回来一次。

我的记忆里，觉得自己好像从未见过姑姑，对她唯一的印象来自一张泛黄的照片,照片上的姑姑梳着长辫子,眼睛很大,是个非常好看的姑娘。

父亲去看望姑姑的次数也屈指可数。

所以,去一次的话,都印象极深,回来要给我们反反复复讲述好些年。

"湖区的房子,一溜排过去,都是一模一样,我以前去过一次,第二次去的时候,怎么也找不到你姑姑家。"

璜塘湾的房子,或者靠渠道,或者近水塘,有的是七八间的大屋,有的是三四间的单屋,有的盖大瓦,有的是清一色小瓦,有的是泥砖,有的是红砖,有的刷了白粉……每一个房子都有单独的模样,走过一次就记得。

"每餐吃饭,你姑父总是把鸡头夹给我,他们那里认为鸡头是最恭敬的。"

南县人好讲究,宁为鸡头,不为凤尾,敬鸡头给客人,寓意很特别。

璜塘湾人招待客人,也是杀鸡,但一般会夹鸡腿肉、鸡胸脯肉给客人,或者也会夹鸡爪子给客人,并说:"来来来,这是抓钱手。"

璜塘湾人好实在。

十里不同天,遥远的南县和璜塘湾差别好大啊,不知道姑姑一个人嫁到那里是什么感觉。

璜塘湾外嫁的姑娘,正月初二、端午、中秋都会准时回娘家,嫁到各方的小伙伴,这天可以一起见面聊家常,互相倾诉一番。姑姑从未在这个时候按惯例回来过,她和自己的小伙伴,从此失去了音讯。

璜塘湾外嫁的姑娘,怀孕的时候,娘屋里的人会去送"蒸菜",生了娃娃会去送摇篮。姑姑生了三个男孩,从未吃过娘屋里的"蒸菜",更未用过娘屋里的摇篮。

璜塘湾外嫁的姑娘,和男人打架输了,或被婆家欺负了,娘家的兄弟就会抢着棍子跑上门去,把那男人教训一通,或是在婆家人面前示一下威。要是姑姑和男人打架输了,要是婆家人欺负姑姑,娘家的兄弟根本不知道,更没法给她撑腰。

所以,据说,有一年正月,姑姑回来后,她跑到父母的坟山里,痛哭了一番。

远嫁的姑娘，必定有一肚子的委屈，想和父母好好倾诉。

但这事让我妈妈隐隐地觉得不安："大正月的，跑到坟山里哭，是个什么意思呢？"

这种隐隐的不安，后来竟然成为了事实。

那次，是姑姑最后一次回娘家。

回南县后不久，可能是和姑父吵架，或是还有其他别的原因，总之，姑姑扔下她的三个孩子，径自作了了断。

自此姑姑成为一个模糊的符号。

姑姑出生在端午期间，名字里有个"端"字。

大大小小的事都要时刻"端"着的人，活得会很累吧。

不知道南县那边是否也有"推豆腐、打豆腐"的歌谣，但是，有一个湖区姑娘，也嫁到了我们璜塘湾。

石猫古在湖区找副业的时候，带了一个漂亮的堂客回来。

她刚来时，湖区口音很重，后来不断融合璜塘湾口音，就形成了一种既不是璜塘湾口音、也不是湖区口音，但大家都能听懂的特殊口音。

她操着特殊的口音，走家串户乱扯淡，一点也不生分。

她和璜塘湾人一起打麻将，打跑胡子，输了钱会笑骂："就是那个砍脑壳的谁总是胡我的牌"。

她和石猫古吵架，每次她总会吵赢，把男人收拾得服服帖帖。

她也和婆婆吵架，操着特殊的口音，伶牙俐齿，把婆婆说得哑口无言。

石猫古出去打工，回来把钱全部交给她。"少回来一分钱，我要了他的脑壳。"她的长头发烫了大波浪，坐在我家的阶基上晒太阳，一边嗑瓜子，一边和妈妈闲聊，看似在嗔骂，其实是满足和幸福。

她从不需要娘家人来给她撑腰。

后来通讯和交通发达，她和娘家的距离，也不再是距离。

事实上，到后面这些年，随着外出打工和读书的机会更为普遍，璜塘湾的姑娘嫁得更远更远了,有的嫁到了广东,有的嫁到了江苏,还有的嫁到了国外。

地球已经是一个村子,嫁到哪里,都只是一个稍大的璜塘湾而已,距离不再是距离。

嫁到哪里,是命运,但幸福与否,要靠自己经营。

幸福是可以经营的。

· 璜塘湾

傻姑娘

夏天的时候,黄材渠道堤上的荆棘丛盛开着小孩掌心大的花朵,花瓣洁白,花蕊金黄,甚是好看。

我们称之为糖荆丫,后来读书,知道了它学名叫金樱子,果实是一味中药。

璜塘湾的童谣有唱:

"糖荆丫,开白花,

打开轿子送亲家。

亲家妹子本也乖,

要她去摘冬瓜,

她在瓜台上喊妈妈,

要她去摘南瓜,

她在瓜台上喊伢伢(父亲),

要她去舂米,

她在河里把脚洗。"

童谣唱的是一个傻姑娘嫁人后,男方的家长向亲家吐槽:"看,你家的姑娘,傻成这样,啥也干不了。"

不过亲家一点也不担心,因为他知道,姑娘即使最傻,他们也不会退货。

万一退货了,自己还是可以把姑娘再嫁出去。

乡里多的是讨不到老婆的单身汉,女娃子即使傻点,仍然有不少的人家来求亲。

对于男方来说，傻女人如果不看紧点，还随时可能丢掉。

比如刘格进老舅子的堂客，就丢了一段时间。

老舅子讨堂客一直不顺利，原以为要如此单身下去，没想到在快奔五的时候，被人介绍了一个湘西来的女人。

女人比他小了十多岁，面容姣好，只是脑子不太清白，之前被人带着转手了几次，听说还曾遭受过暴力，实际是个很苦命的女人。

老舅子很喜欢她，也特别疼她，想真心实意和她过日子，因此掏了一笔钱，把女人之前的遗留问题全部处理好，然后陪着她回湘西，正式求婚，规规矩矩地扯了结婚证，希望从此岁月静好。

"有些堂客只是用来看的"，老舅子感叹，"比如我屋里堂客，就不能计划她做任何事情。"

女人虽然年轻、好看、四肢健全，但是脑子里确实少了一根筋，一个最简单的事到了她那里，都会成为无比复杂的工程。

"让她去煮饭，她从未煮熟过，要么就是煮稀了，要么就是煮糊了，要么还是生米，教了很多遍，还是学不会，后来我只好自己煮，家里什么事都自己做，让她做不放心，"老舅子认命。

女人是典型的"糖荆丫"童谣里唱的姑娘。

不过女人虽然脑子不好使，却爱漂亮，老舅子带她上街的时候，她会照着街上女人的装扮，要求买这买那。

"而且尽选贵的。"老舅子叹气，也有些小小的自豪。自己的堂客年轻漂亮，终究是一件有面子的事。

老舅子很想要个孩子。

他希望生下来的孩子脑子像自己，相貌像堂客。

"万一相貌像你，脑子像你堂客呢？"乡里人也和他讨论。

这肯定很悲剧，但老舅子仍然决定冒险，他太渴望要一个自己的孩子了。

可是女人来了几年，肚子一直没有反应。

到医院检查之后发现是女人的问题，于是老舅子东拼西凑了些钱，带她去长沙最好的医院治疗。

然而就是在车水马龙的长沙城里，女人走丢了。

老舅子急得不行，在医院附近找了一天，没发现堂客的影子，后去报告派出所，然而派出所也没有找到。

遍寻堂客不着，老舅子的头发白了一圈。

乡里的"诸葛亮"们七嘴八舌。

"她那么好看，肯定是被别人拐走了。"

老舅子承认："是呢，她很容易被骗，几句好话、一点小物品哄哄她，她就可以跟着别人走。"

"如果是走失了，她可以找警察，或是让别人送她回来啊，她知道家里的地址吗？"

老舅子很是后悔："她连自己住哪个乡、哪个村的名字应该都不知道，我之前也没有训练过她，是我的错啊。"

"会不会是被别人控制了？关起来，或是暴力威胁她，不准她跑，所以回不来？"

老舅子的心都要碎了："就是啊，她最怕别人打她，我那可怜的堂客啊。"

后来老舅子去问神婆。

神婆告诉他，堂客人没事，待在一个地方，俩人以后还是有夫妻缘分的。

老舅子心稍宽，这可是唯一的信念，然后，他又自己反复分析，不断强化这种信念，"她那种人，别人和她生活一段时间，都会受不了，都会赶她走，只有我能容忍她，所以应该还会回来"。

念念不忘，必有回响。

果然有一天，老舅子接到了公安局的电话，通知他去湘乡接人。

老舅子喜极而泣，终于找到了宝贝堂客，他发誓以后再也不会把堂客弄丢了。

这就是一个乡里傻姑娘的故事。

姐姐说，主要是那女人长得好看，所以老舅子才这么舍不得。

妈妈说，女人长得丑点没关系，但是脑子一定要好使。

城里的专家说，太傻太丑的女人和太聪明太漂亮的女人，是婚恋市场上不好嫁的两个极端，因为男人觉得这两种女人都不好对付。

专家的话，璜塘湾人是不相信的，因为，村子里不管什么样的女人，都早早就嫁出去了。

单身汉

老一辈人里,璜塘湾有很多没能讨到老婆的单身汉。

比如隔壁义老倌四兄弟。

老大俊板,经常坐在我家门口闲谈,他不时提到县里一些领导的名字。小时候的我,觉得那些名字十分遥远,但也慢慢地听出一些名堂来。

他知道县里一位领导,因为那个领导的家族在老粮仓,曾经和他的家族有过来往。

那个家族里嫁出一个女人,女人跟着夫家在新中国成立前夕去了香港,后来去了台湾。女人有一个儿子,长大后已经在台湾做着很大的官。

我知道这个名字的时候,俊板已经逝世了。

但我也由此猜想,俊板的家里,曾经的确有过真正的富贵啊。

老三叫常瞎子,据说他的眼睛是小时候痛瞎的。

常瞎子性格鲁莽,年轻的时候,因为伤人,曾被关押过几年,他的手腕上一直留着手铐的疤痕。

释放出来后,他和兄弟们住在一起,闲时在村子里串门聊天,他口里总是念叨着女人,喜欢开下流的玩笑,来我家时,我们姐妹总是嫌弃地赶他走。

但我们又怕他,三句话不对,他生起气来,直接抡起手里的棍子一阵横扫,很是吓人。

所以我们尽量躲着他。

常瞎子也走了很多年了。

龙生九子，各有不同。

老二细满脚鱼和老四义老倌，从不开那样的玩笑。

两个单身兄弟，各住一栋房子。

细满脚鱼住在河边，他从河里捞石头，一点一点垒起了三间大瓦房。

瓦房后侧的一片菜园，四周围着石头砌着整齐的篱笆墙，园子里一年四季常青，菜地整饬得精精致致。

细满脚鱼很少在外面晃荡，一个人默默地耕作着一亩三分地，卖菜是他的主要收入来源。

义老倌住在我家隔壁。

他的眼睑有点外翻，这也是小时候眼病治疗不及时的后遗症，也许因为这个原因，他说话总给人腼腆害羞的感觉，声音小小的，头微微低着，很是谨小慎微的样子。

他可能不曾有过讨堂客结婚的打算，每次别人开玩笑说起这事，他就红着脸默默地走开了。

他的年纪和我父亲差不多。

他越是害羞，父亲越是逗他。

"老义哎，苦单身，单身苦，衣服烂哒没人补。"

义老倌就低着头笑："衣服不补就是啊。"

他有时也轻轻地还嘴："结婚有么子好，看你，这么多人吃饭，累得跟牛一样。"

从这个角度来说，单身汉的他，确是轻松多了。

义老倌的厨房里仅两口小锅，一个煮饭，一个炒菜，柜子里仅有一个人的碗筷，反正家里也没有什么客人。

他有时一天吃两顿，有时一天吃一顿。

如果在别人家帮工，家里就不必生火。

他的衣裳一年四季大概也就几件，都是深灰色的中山装，夏天穿着，冬天也穿着，布料厚，衣服上破了几个洞，他从不补。

夏天里，我们总问："阿义啊，你不热吗？"

· 璜塘湾

他笑:"不热。"

冬天里,我们总问:"阿义啊,你不冷吗?"

他笑:"不冷。"

妈妈善意地提醒他:"阿义,你去镇上买件棉袄喽,多买件棉毛衫,暖和一点。"

他只是嘿嘿地笑笑。

他从不去镇上。

貌似,他也没有怎么生过病。

义老倌唯一的爱好是打牌。

之前是骨牌,"开山子"呀。

后来是"三打一","七调主"呀。

再后来,村里流行麻将,他也积极参与,"全求人"呀。

这些年,"跑胡子","红胡十五番"呀,他也玩得溜。

他是璜塘湾的钻石级牌友。

一是没人管束,无论玩到多晚,也没人催他回家,不像有些怕堂客的男人,屋里的女人吼一声,就屁滚尿流地跑回去了,大家也只能作鸟兽散。

二是随喊随到,他没有什么家务事,时间一大把,哪里需要凑腿了,随时喊他就是。

三是钱包扎实,这么些年,他打零工:卖菜,存了些钱,又很少花钱,手里宽裕,打牌从不耍赖。

所以,有牌局的场所,都可以看到他。

有时玩了牌回来,他会顺便逛到我家门口坐一坐。

父亲问:"今天手气怎么样?"

他嘿嘿地笑:"打起耍嘛,管什么手气。"

父亲年轻时也喜欢玩牌,后来被妈妈狠狠收拾过几回,从此再也不敢碰牌了。估计他后来看到牌也心痒痒过。

从打牌的角度来说,他也许觉着单身汉这种自由自在的生活还是不错的吧。

义老倌的房子,是璜塘湾唯一留存的土砖房。

我们姐妹每次回家,就跑到土砖房前去拍照,看上去破破烂烂的房子,拍到照片上,就有了一种原始的乡土美。

我们甚至还到他的厨房里去拍,柴火地灶、黑色铁锅、老式板凳等,都是我们的道具,越是黑乎乎的东西,我们越喜欢。

义老倌看我们各种摆拍,觉得很迷惑:"这个好看吗?"

"好看啊,这些都是宝贝呢!"虽然我们这么说,他仍觉得不可思议,"这有什么好看的呢?"

如果我们把镜头对准他,他就赶紧躲开,"别拍我,别拍我"。

估计除了身份证上必须要用的,他这一辈子再也没有拍过其他照片。

年纪大了的细满脚鱼和义老倌,按照政策被定为五保户,而且被要求住进政府统一建的保障房。

保障房是两个人的面积标准,分开多年的两兄弟虽然住到了一起,但仍然各过各的,两人各据一头,并设置了分别进出的门。

"个人空间很重要。"

对于单身贵族来说,这是最重要的。

·璜塘湾

缺牙齿

"缺牙齿，耙猪屎。

耙一箩，送外婆。

耙一担，送哒外婆看。

耙哒一担热猪屎，

浼哒缺牙齿。"

缺了牙的娃娃嘴里，的确像耙子。

每个缺了牙的娃娃，都要接受一番大人的嘲弄。比如我端着碗吃饭的时候，建叔倚在门口，嘻嘻笑着："缺牙齿，耙猪屎，耙得蛮快啊。"

我瞪了一眼建叔的爆牙，心里想，好像你没有缺过牙一样。

建叔不以为意，照样嘻嘻笑着："你那门牙会不会被野猫子弄下来呢？要是弄下来了，那可就糟了，牙齿长不出啊，缺牙齿，哈哈。"

按璜塘湾的说法，小孩换牙的时候，脱了的上牙要丢到床底下，下牙要丢到屋顶上，这是暗示新生的牙齿往哪个方向长。

早几天脱下的门牙，我清清楚楚是丢到了屋顶的。不过，确实最近野猫子多，经常在屋顶闹腾，它们把牙齿扒拉下来，也说不定。

因为，我的新门牙还没有长出来的迹象。

这事给我很大的负担。

缺牙的这些日子，大人们看见我，都要故意逗："永妹子，你娘老子都没脱牙齿，你倒是老得还快些啊。"

176

第三辑 故 人·

虽然知道是笑话,但心里还是不高兴。

要是牙齿一直长不出来,那可如何是好?

母亲虽然有一口整齐的白牙齿,但经常闹牙疼。

镇上没有牙科诊所,只有一个简陋的卫生院。

她很少去卫生院。

在璜塘湾人看来,牙疼不是什么大病,离心脏远着呢,没必要大惊小怪。

但母亲的牙疼却是真的,每次疼起来,她哼哼着,十分痛苦。

父亲从包种子的报纸中缝看到很多治牙疼秘方。

比如,把牙膏敷在痛处;

比如,切一片姜含在嘴里;

比如,把桃树皮、柳树皮加酒,煮水,漱口;

比如,茶水里加醋,漱口;温水加盐,漱口……

看着各种折腾,邻居老篾匠不以为然:"还是草木灰最好。"

老篾匠用草木灰刷牙。

据说这是老一辈人的传统。

早晨,他用茶碗端着水,蹲在阶基边,将沾了黑色草木灰的手指,伸进口腔里,来回搅动,然后含水,噗噗几下,算是清洁干净了。

我盯着他手指上黑乎乎的残渣,脸上写满了怀疑。

"你看我,牙齿好得很,咬豌豆子一点都不费力。"

炒豌豆硬邦邦的,像是小石头,老篾匠可以把这些"石头"咬得咯嘣咯嘣地响。

母亲已经几天没有好好吃一顿饭了,一点点酸和辣,都会让她惊叫,咬豌豆子?更是不可想象。

"是不是月子没坐好?"

璜塘湾的女人如果觉得身体不适,都会从坐月子找原因。

璜塘湾女人坐月有严格的规矩。

产后四十天内,产妇不能吃蔬果冷食,不能洗头、洗澡、刷牙,不能劳动,更不能外出。

理想的状态是,产妇要连续躺在密闭的房间里,吃炖着的肉食。

如此这般。据说女人如果有病,都可以通过坐月子来调养好。

母亲生了五个娃娃,成活四个,家里不仅没有老人照顾,反过来她还要照顾糊涂年老的太婆,哪有安心坐月的心情?

月子里的她,要干家务,照顾娃,而且,也没有足够的营养来补充。

营养不足会导致牙口松动,抵抗力不足,所以容易患牙病。

听上去很有道理的样子。

"以后你们一定要坐好月子啊。"母亲捂着疼痛的嘴,不忘叮嘱。

我现在只关心自己的牙,因为我的门牙,长得很慢。

根据各种迹象,我继承的可能不是母亲整齐细密的白牙,而是父亲的"南天门"。

父亲的两颗门牙之间有个明显的缝隙,形成一个微型"南天门",笑起来的时候,南天门就大张着,仿佛孙猴子可以从里面蹦出来。

越担心的事,越会发生。

我的牙齿长齐,果然是父亲的翻版。

"很好看啊。"父亲很满意。

"很好看啊。"母亲很满意。

"很好看啊。"姐姐也很满意。

我知道,他们只是无原则安慰我罢了。

我们家的人,审美一直有问题。

比如,我明明是个胖妞,妈妈总是说:"不胖,不胖,刚刚好。"

比如,姐姐把我的头发烫成金毛狮王,家里人也都说:"好看,好看。"

比如,姐姐总是把旧衣服传给我,然后她们异口同声:"正合适正合适,比哪个穿都好看。"

虽然"南天门"在父亲身上还过得去,但我绝对不想自己也拥有。

整个青春期,每每笑的时候,我都会下意识地捂着嘴,极力想掩饰这一缺陷。

但实际上,这个缺陷已经成为我的一部分。

以至我在成年后，擅自做主去把牙齿做了时，家人和朋友反应异常激烈。

"好好的牙齿，为什么要去做了？"

"小虎牙，很好看啊，为什么要去毁了它？"

"做了牙齿的你，已经不是你了，我觉得不认识你了。"

他们无条件接受有缺点的原生态的我，因为那是真正的我。

他们愿意看我自然地掉牙，自然地长出一对不完美的门牙，自然地长大、成熟，乃至老去。

即使我不完美，在他们眼里，也最值得珍爱。

童谣又在我耳边响起。

"缺牙齿，耙猪屎。"

这逗趣里，满满的都是爱怜啊。

· 璜塘湾

正哑巴

正哑巴挑着柴担、或是扛着锄头、或是背着竹篓从大路上经过，远远地看见我们，他都会十分热情地打招呼："噢嗷哦。"

如果我们回应他，他就会走过来，放下手里的东西，停下来兴奋地"聊天"。

正哑巴喜欢说个不停，夹杂着各种复杂的手势。

璜塘湾没人懂手语。

我们揣摩着意思，如果理解对了，他就会拼命点头："噢嗷哦。"

这次我们听懂了，他说的是"对对对"。

俗话说："结巴子爱讲。"

正哑巴是正宗的聋哑人，他也爱"讲"。

璜塘湾人坐一起闲谈的时候，他很喜欢来扎堆。谁开口说话，他的头就转向谁，双眼紧紧地盯着，表情十分丰富地及时回应。

如果大家笑，他就比谁都笑得大声，麻子脸灿若桃花，"噢嗷哦，噢嗷哦"，意思是，哈哈哈，哈哈哈。

如果大家表情凝重，他就比谁都凝重，焦虑和紧张堆满脸上："噢嗷哦，噢嗷哦。"意思是，怎么啦，怎么啦。

他是最认真的听众。

正哑巴和我父亲年纪相仿，所以，我印象里的正哑巴，是个古铜色皮肤的中年汉子。

第三辑　故　人

他从大路上走过时，总会到我家停一下。

他从不坐，每次都是站在厨房门口，倚着门框，看着我们，咧着嘴笑。

如果我们和他说话，他就会开始表演，他知道这个可以让我们开心。

他从灶膛里找出一根未燃尽的柴杆，在门上一笔一画地写字。他除了会写自己的名字"秦正春"，还会写"横市镇金山村"。

他居然还会写"黄和平"。

"黄和平"是我妈妈的名字。

我们很惊讶："你怎么知道我妈妈的名字？"

"噢嗷哦，噢嗷哦。"他指着我妈妈，又指指我们，意思是我妈妈很漂亮？然后说我们长得像妈妈？

"你怎么会写字？"

"噢嗷哦，噢嗷哦。"他头歪着，一副孩童的调皮神情，意思是不告诉我们？

他是天生的聋哑人，没上过学，也没人教过他。

他写字完全是依着葫芦画瓢，没有笔顺，只是最后把笔画吊拢来了。

妈妈有时也和我们一起逗他。

当他写"黄和平"时，妈妈故意摇头，说写错了。

正哑巴疑惑地看着我们，然后笃定地再写一遍，"黄和平"，嘴里"噢嗷、噢嗷"着，意思是没错，没错。

我们哈哈大笑。

他也就欢乐地哈哈大笑。

正哑巴和他的母亲白婆婆一起住在桥屋里的一栋小房子里。白婆婆大约是担心自己过世后无人照顾他，所以让他学会了干所有的活。

田里的活计不用说，家里做饭、洗衣、打扫卫生、喂猪、养鸡等，他也样样都能。

他甚至还会织毛衣、做针线活。

我们上学放学经过他家门口时，有时会进去瞅瞅，如果恰好看到正哑巴在缝补衣服啥的，我们就会像看稀奇一样凑过去。

· 璜塘湾

  他倒是不恼，很高兴家里有客人来，非常热情地让座，还招呼我们喝水。
  我们示意要看他做针线活，他就很配合地继续缝补，飞针走线，不时抬头看看我们，咧着嘴开心地笑。
  他缝补出来的衣服，针脚细密匀称，比很多堂客们的手头功夫都好。
  窄小的房子里收拾得一尘不染，所有器物井井有条。
  白婆婆过世后，独居的他家里仍旧清澈洁净，比很多女人家里都要整洁。
  他永远都是咧嘴笑着，这个世界于他好像没有不开心的事。
  璜塘湾人聊到他，总是叹息，"可惜不会说话"。
  其实，关键问题是，可惜他的耳朵不能听见。
  洛湛铁路横穿璜塘湾后，乡下的阡陌和屋场，发生了巨大的改变。铁轨两边各有一条三十公分宽的水泥甬道，属于禁行区域，但这条路上火车并不多，没有火车经过的时候，村民们习惯沿这甬道走近路。
  那一天，正哑巴肩上扛着锄头，沿着铁轨旁的甬道，一边咧嘴笑着，一边摇晃着肩上的锄头，郎里个郎地径直前行。
  身后远远地传来了火车的汽笛声。
  他浑然无觉，直至火车呼啸而过，肩上的锄头被搅进铁轨里，他也被这股巨大的力量裹挟进"铁怪物"的轮下，瞬间粉碎。
  他一生都没能吐出一个完整的词语。

小媳妇

和妹子定亲时，她还不到十五岁。

对象叫二伢子，当时二十一岁。

她的外婆和二伢子的外婆是邻居，过年过节两人分别到外婆家走亲戚时，就会互相遇到，老人们经常戏说着给他俩做个媒。后来，说着说着，就真的成媒了。

和妹子身材小巧，长相漂亮，人很聪明，据说读书时经常得大红花。不过她只读了小学，因为地主家庭出身的原因，没能升入初中。对于当时的和妹子来说，唯一的出路是，找个出身贫农的小伙子早早嫁人。

二伢子少年早孤，靠白发阿婆一手养大，家里穷得叮当响，仅有一间半房子，属于货真价实的贫农。

那年的五月，还是小姑娘的和妹子，成了二伢子的未婚妻。定亲后，她就走进了璜塘湾，提前进入女主人角色，开始为接下来的结婚大事忙碌。

当前最紧迫的任务，是需要盖两间茅草房，否则，和妹子嫁过来后，住的地方都没有。

二伢子已经被召去邻县修铁路，家里只有她和白发阿婆。好在二伢子还有个叔叔，过来帮忙操持盖房子事宜，和妹子当家，负责做饭菜、买材料、当零工。两个月后，两间小小的茅草房立起来了，新泥新草，散发着新生活的芳香。

第二年腊月，和妹子与二伢子正式结婚。

二伢子喜滋滋当新郎官，却没有一身像样的衣服。后来，还是借了发小文明伢子的一件黑色毛士林罩衣，套在烂棉袄上，兴冲冲地完成了婚礼。

春节做回门酒，毛脚女婿上门，二伢子还是新郎官。这次，他找小石冲的臭猪肚子借了一件蓝色毛士林罩衣。

臭猪肚子身材要矮小些，罩衣罩不住烂棉袄四边爆裂出来的旧棉絮。小夫妻两个提前一天回到铁家坡，和妹子妈妈见到女婿的装扮，眼泪一下子滚出来，她一声不吭，立刻迈着小脚去镇上扯了几尺布，连夜把女婿破棉袄烂花花的边子包住。

"女呀，你嫁过去，肯定会受苦，要好好过日子呀！"老人家充满担忧。

和妹子一点也不觉得苦。

虽然年纪小，个子小，但她做事利落，简陋的家里收拾得干干净净。

白发阿婆有着越来越严重的老年痴呆，屎尿经常在床上，还不时拿剪子把被子、床单、蚊帐等所有可以剪的物品剪成碎片……旁人避之唯恐不及，但和妹子很细心地照料着，一点也不嫌弃。

老人临终时，谁都不关心，只是摸着孙媳妇和妹子的手，"我一定要给你送个好崽"。

和妹子当时二十五岁，已经是三个女娃的妈，但她还在一心琢磨着如何生个男娃。

不孝有三，无后为大，不生个男娃，她觉得在璜塘湾没法抬头做人。

所以，她也成了璜塘湾"超生游击队"里的中坚骨干力量，经常和政府干部玩着猫鼠游戏。

"游击活动"两年后，白发阿婆没有食言，给她送来一个白白胖胖的男娃，和妹子松了一口气，觉得自己完成了一件庄严神圣的使命。

这次月子里吃的片糖水都分外甜一些。

四个娃，张嘴就要吃，里里外外，浆洗缝补，都是这个小个子女人一手在操持。

即使经济最拮据，她也总会想方设法把娃儿们收拾得齐齐整整，家里永远井井有条。

她觉得任何时候都要活得体面。

她极爱美。

很长时间，她留着一条油光水滑的长辫子。每次洗头，她要用一个大大的木盆，泡上茶枯，再把辫子松开，把头发浸进茶枯水里，这时，黑丝铺满了整个木盆，真是蔚为壮观。

她坐在那里梳头发的时候，黑发瀑布一样垂下来，就像神话里的仙女，每个见了的人都要赞不绝口。

这头乌发是她的宝贝。

但是有一天，令人惊诧地，她突然剪成了齐耳根的短发。

因为一个收头发的贩子，给出了不菲的价格，而她当时，正为女儿们的学费发愁。

她一直遗憾的是自己读少了书。

她说换了现在的时代，她一定会拼命读书，考大学，能走好远走好远。

可是命运把她禁锢在璜塘湾，而且多年来一直有眼疾，看书于她是件费劲的事。

所以，在送子女读书这件事上，她一直不遗余力。

她把自己未竟的梦想，寄托在孩子们身上了。

她一年要喂几栏猪，卖一栏猪，就可以供孩子们一期的学费，她把孩子们一个个送出了璜塘湾。

她从两间茅草房开始，换成三间的瓦房，再换成四间的瓦房，再换成两层的小楼。

二伢子的身上，再也没有见过烂棉絮。

她觉得日子一天比一天甜。

如今二伢子已经变成二老倌，她也变成了二婆婆。

但二婆婆的内心一直住着一个小少女，一直是嫁过来的那个小媳妇。

她爱学习，爱漂亮，爱新潮的事物，喜欢赶时髦。

六十多岁的人了，从未穿过传统意义上的婆婆装。

头发依旧乌黑发亮，没错，她还坚持扎着马尾。

她一个人对着视频学舞，各种舞跳得像模像样。

哎，如果璜塘湾也有广场舞，那么，她一定会是夜空中那颗最闪亮的星吧。

后　记

　　璜塘湾是个自然形成的屋场，只有三四十户村民，位于湖南省宁乡市横市镇合金村，洛湛铁路从璜塘湾穿过。

　　这是湘中最普通的乡村屋场，没有特殊的历史，没有显赫的人物，没有突出的产业，没有特别的风光。

　　以至于宁乡地图上都没有标注。

　　路人从此经过，也不会有任何特别的印象。

　　但她是我生长的地方，十五岁外出读书以前，我一直居住在这里。

　　最近几年梦特别多，几乎每次做梦，场景都在璜塘湾。即使新近现实里接触的人进入梦境，他也会在遥远的璜塘湾出现。

　　或许，我该为璜塘湾写点什么。

　　某一天，小时候熟视无睹的人物、风景和往事，在脑子里突然苏醒过来，流淌到键盘上。

　　于是有了这些文字。

　　这只是一个普通人对一段普通乡村生活的个人印象，时间集中在上个世纪八十年代和九十年代。文中人物虽然都在璜塘湾有真实的对应个体，但因为是个人的记忆，在写作中也进行了文学的演绎，所以文中形象也并不完全是那个现实的人，如果有出入和冒犯，请我的乡邻原谅。

　　感恩您，感恩生命中遇到的每一个人。

胡宇